Das Hirsch-Erbe

Eine Fantasy-Trilogie

Man darf das Schiff nicht an einen einzigen Anker und das Leben nicht an eine einzige Hoffnung binden.

Epiktet

Amanda Godebronn

Das Hirsch-Erbe

Teil 1
Unsterbliches Vermächtnis

Bibliografische Information der Deutschen National-
bib lio thek:
Die Deutsche Nationalbibliothek verzeichnet diese Publi-
kation in der Deutschen Nationalbibliografie; detaillierte
bibliografische Daten sind im Internet über dnb.dnb.de
abrufbar.

Umschlaggestaltung: © Sarah Buhr | Covermanufaktur
unter der Verwendung von Shutterstock.com

Herstellung und Verlag:
BoD – Books on Demand, Norderstedt
ISBN: 978-3-7494-8178-1

Inhalt

Für Anne, die mich seit meiner Jugend kennt, immer zu mir gehalten hat und in jeder Phase meines bisherigen Lebens, ob gut oder schlecht, an mich geglaubt und meine Pläne aus vollem Herzen unterstützt hat.

Prolog

Ein Wald bei London, 30. Juni 1910, 22:38 Uhr

Der Schriftsteller und Vampirjäger Bram Stoker zog sich sein Jackett über, bevor er schnellen Schrittes sein Anwesen verließ. Er wusste, dass er schon recht spät dran war und es fatal wäre, das anstehende Treffen zu verpassen. Zu viel hing von dem Gespräch ab. Er hatte alles in seiner Macht Stehende getan, um die Menschen zu warnen. Wirklich alles. Bram hatte sogar einen Roman mit dem Titel *Dracula* veröffentlicht, in der Hoffnung, den Sterblichen die Augen zu öffnen. Doch keiner hatte ihn ernst genommen. Man hielt ihn für einen guten Schriftsteller und Erzähler und lobte seine Liebe fürs Detail und seine Kreativität. Doch das war nie sein Ziel gewesen. Vielmehr wollte er der Menschheit klarmachen, dass brutale blutsaugende Wesen existierten und sich jeder in Acht nehmen müsse.

Seit sein Roman am 18. Mai 1897 erschienen war, ging alles bergab. Bram hatte nicht nur dahingehend versagt, die Menschen zu beschützen, er war zudem den Blutsaugern aufgefallen. Zweifellos, seine Tage waren gezählt. Er wollte die Hoffnung schon aufgeben, als ihn Frederick Hirsch, ein junger Gentleman aus dem Deutschen Reich, kontaktierte. Auf seiner Blutlinie lag ein grauenvoller Fluch, der zugleich das größte Geschenk für die Menschheit sein konnte. Das Wichtigste jedoch war, dass Frederick ihm glaubte. Seine letzte Hoffnung, sein Wissen weiterzugeben.

Außer Atem kam Abraham am besagten Treffpunkt an. Vorsichtig sah er sich um und atmete erleichtert auf. Sein Verhandlungspartner lehnte an einen Baumstamm und hatte den Blick auf seine Taschenuhr gerichtet.

»Mein guter Freund. Wie schön, dass Sie es geschafft haben«, begrüßte Frederick seinen Brieffreund und lächelte ihn freundlich an.

»Die Freude ist ganz meinerseits«, erwiderte Bram mit geschäftigem Lächeln und trat auf Frederick zu. »Es ist schön, dass Sie so kurzfristig Zeit gefunden haben, Frederick. Sagen Sie, wie genau zeigt sich der Fluch in Ihrer Familie und wie beabsichtigen Sie ihn gegen die Vampire als Waffe einzusetzen?«, wollte Abraham wissen, als sie ihren Weg in die Tiefe des Waldes hinein gemeinsam fortsetzten.

»Meine Familie wurde vor einigen Jahrhunderten auserwählt, den Vampiren zu trotzen. Ich bin mir dessen bewusst, dass es sich um eine große Ehre handelt, Sir. Problematisch daran ist, dass wir, seit der Fluch ausgelöst wurde, uns jeden Vollmond in Wölfe verwandeln. Wir haben spezielle Fähigkeiten, die uns stärker als andere Menschen machen. So können wir in der Dunkelheit besser sehen, wir können schneller laufen, unsere Knochen heilen sofort und in unseren Zähnen befindet sich ein Gift.«

»Aber Ihr Gift kann Vampire nicht töten«, gab Bram zu bedenken. »Es lähmt die meisten kurzzeitig, aber mehr nicht. Ich weiß nicht, wie viel Kontakt Sie schon mit diesen Kreaturen hatten. Aber mein Ziel geht über Ihre Fähigkeiten hinaus. Ich habe nicht vor, die Gegner vorüber gehend außer Gefecht zu setzen. Ich plane, sie ein für alle Mal zu töten. Evolutionsbedingt entwickeln wir uns immer weiter. Das gilt für alle Wesen, auch für die Blutsauger. Ich befürchte, dass Sie und Ihre Art in den nächsten Jahrzehnten immer schwächer werden, während der Gegner mehr und mehr an Stärke gewinnen wird. Meine Vorfahren haben diese Entwicklung bereits mit Bedauern beobachtet und die Vermutung der Hexen legt nahe, dass sich das große Finale in etwa 100 bis 120 Jahren ereignen wird.« Er sah seinen Freund mit nachdrücklichem Blick an.

»Wenn Sie mehr wissen als ich, Bram, ist es nun an der Zeit, mit der Wahrheit herauszurücken«, forderte Frederick ihn verärgert auf und blieb abrupt stehen. Was sollte das heißen? Welches Finale? Zugegeben, er selbst hatte bisher nie Kontakt mit Vampiren gehabt, er kannte sie nur aus Erzählungen seines Vaters. Wenn sein Freund die Wahrheit sagte, welche Chance hatte seine Familie dann noch?

»Nun beruhigen Sie sich doch. Ich habe mich mit Ihnen getroffen, um mein Wissen mit Ihnen zu teilen«, beschwichtigte Abraham seinen Freund. »Aber auch Sie sind nicht ganz ehrlich zu mir gewesen. Es ist schon Generationen her, dass Ihre Familie das letzte Mal auf Vampire gestoßen ist, nicht wahr? Seitdem bestand die Unterweisung ausschließlich aus theoretischem Wissen. Kein besonders umfangreiches Wissen, um das mal zu erwähnen. Ihre Familie ist nicht ohne Grund auserwählt worden. Ist Ihnen denn nicht bewusst, dass von Ihrem Blut jedermanns Zukunft abhängt? Sie müssen aufwachen und Ihre Fähigkeiten trainieren, bevor es zu spät ist. Aber zuvor erzählen Sie mir bitte von Ihrem Fluch.«

»Nun gut«, gab Frederick zähneknirschend nach und fuhr sich durch seine schwarze Mähne, die vom Wind zerzaust war. »Um ehrlich zu sein, ich weiß nicht, auf welches Datum sich der Fluch meiner Familie zurückführen lässt. Der Legende nach wurden wir eines Tages, zusammen mit wenigen weiteren Familien, von den Hexen auserwählt. Wir wurden mit dem Fluch belegt und erfuhren alles über die Vampire, was man damals wusste. Das ist alles, was uns erzählt wurde. Wenn jemand aus der Familie Hirsch einen Unfall verursacht, bei dem eine unschuldige Person stirbt, wird der Fluch ausgelöst. Das bedeutet, dass derjenige sich ab dem folgenden Vollmond einmal im Monat verwandelt. Dabei brechen alle unsere Knochen und nein, wir verlieren unser menschliches Bewusstsein nicht. Uns ist gesagt worden, dass wir dadurch in der Lage sein sollen, Vampire zu besiegen. Doch, wie Sie selbst schon gesagt haben, reichen unsere Fähigkeiten nur aus, um die Vampire außer Gefecht zu setzen. Wir wissen nicht, wie wir sie töten sollen. Zufrieden?« Frederick sah seinen Freund herausfordernd an, der den Blick amüsiert erwiderte.

»Überaus zufrieden sogar. Leider weiß ich selbst nicht, wie alle Blutsauger ausgelöscht werden können. Ich weiß nur, dass es irgendwie möglich ist und dass es Ihre Nachfahren sein werden, die am Ende die Lösung finden werden. Der letzte Nachfahre der Blutlinie Hirsch wird sich in einer Art und Weise verändern wie keiner von Ihnen zuvor. Er oder sie wird schlussendlich die Fäden in der Hand halten und über das Schicksal entscheiden. Ich weiß, mein Freund, dass es schwer ist. Aber haben Sie Vertrauen.« Er lächelte Frederick aufmunternd zu und überreichte ihm eine lederne Mappe.

»Die Hexen haben etwas aufgeschrieben. Neh men Sie das Dokument an sich und verwahren Sie es gut. Sie werden es brauchen.«

Kaum hatte Bram diese Worte ausgesprochen, verschwand er in der Nacht. Er wusste, dass sein Verhalten vorerst für Verwirrung und Wut sorgte. Aber er wusste auch, dass sich eines Tages alles zum Guten wendete. Zumindest hoffte er das.

Ein unbEschwErtEs ¦EbEn

In der Nähe von Cambridge, 29. Juni 2018

Schon in dem Augenblick, als ich aufwachte, kam in mir das unerklärliche Gefühl auf, dass sich etwas in meinem Leben grundlegend verändern würde. Woher diese Anwandlung kam und worauf sie sich bezog, konnte ich nur dunkel erahnen. Monatelang hatte ich seit dem Tod meiner Großmutter getrauert. In mir tat sich ein schwarzes Loch auf, das jegliche Chance auf Glück und Zufriedenheit verschlang. Das Herz schien langsamer zu schlagen und die Gedanken drehten sich ausschließlich um die schönen Momente der Vergangenheit. Momente, die ich mit IHR verbracht hatte.

Um nicht den Eindruck einer wandelnden Leiche zu erwecken, verzogen sich meine Lippen in jeder Sekunde, in der ich nicht allein war, zu einem scheinbar fröhlichen Lächeln und meine Augen strahlten Lebensfreude aus. Mir war bewusst, dass es gewisse Menschen verletzen könnte, wenn ihnen klar würde, dass ich sie über Wochen belogen hatte. Mein Verhalten hatte keinen böswilligen Grund, sondern diente als persönlicher Schutzschild. Ich war von jeher so gestrickt, dass ich mich zurückziehen musste, um Tod und Verlust zu verarbeiten. Diese schreckliche und beängstigende Tatsache wurde mir das erste Mal bewusst, als meine Eltern zwölf Jahre zuvor nach einem Autounfall im Krankenhaus ihren Verletzungen erlagen. Damals war ich fünf Jahre alt, glücklicherweise kam ich nicht ins Heim, sondern zog zu Tante und Onkel in die Nähe von Cambridge in England. Wenn mir jemand seine helfende Hand reichen und mir bei der Bewältigung der Trauer unter die Arme greifen wollte, geriet ich in Panik und versteckte mich in meinem Zimmer. Um niemand vor den Kopf zu stoßen, stand ich nach dem Tod meiner Großmutter stundenlang vor dem Spiegel und übte Mimik und Gestik ein, bis das einstudierte Trugbild von Fröhlichkeit glaubwürdig aussah.

Heute sollte endlich der Tag sein, an dem ich die Fassade ein für alle Mal fallen lassen und echte Freude empfinden wollte. Wenige Tage zuvor hatten meine Freunde und ich erfahren, dass wir in die zwölfte Klasse der *Melton School* versetzt worden waren und in einem Jahr unsere A-Levels absolvieren könnten. Für alle Schüler, deren Versetzung in trockenen Tüchern lag, sollte am Abend eine Feier stattfinden. Zu solch einem Ereignis konnte ich nur auftauchen, wenn ich bereit war, die Vergangenheit hinter mir zu lassen und in eine vielversprechende Zukunft zu blicken. Nach dieser Entschei dung schloss ich erneut meine Augen und fiel in einen zweiten Schlaf.

Schlagartig riss mich mein Wecker um 7 Uhr morgens lautstark aus dem Schlaf. Jennifer Lopez' *Let's get loud* dröhnte mir in die Ohren. Normalerweise hätte ich diese Nervensäge frustriert ausgeschaltet, heute jedoch lächelte ich und verdrängte alle negativen Gedanken. Ich sagte mir: Da morgen die Sommerferien beginnen, kann ich dann ungestört ausschlafen. Wieso sollte es mich also stören, für die nächsten Wochen ein letztes Mal unausgeschlafen das Haus zu verlassen? Augenblicklich verwandelte sich das Gähnen in ein breites Grinsen und ohne es stoppen zu können, fing ich zu pfeifen an. Zehn Minuten später schwang ich mich aus dem Bett und tänzelte ins Badezimmer, das sich direkt neben dem Jugendzimmer befand.

Ein Blick in den Spiegel genügte, um festzustellen, dass ich zur Abwechslung nur wenig Zeit in mein Äußeres zu investieren brauchte. Die rabenschwarzen Wellen um das blasse ovale Gesicht fielen wie Samt über meine Schultern und bedurften keiner Nachbesserung. Dank der Pflegespülung, die ich am Vorabend ausprobiert hatte, glänzten sie intensiv. Meine grünen Augen wirkten durch die Nerdbrille klug und sanftmütig. Hinzu kam, dass ich als leidenschaftliche Schwimmerin fit war und drei Abende in der Woche ein Lauftraining absolvierte.

Da der letzte Schultag in der elften Klasse auf einen Freitag fiel, verzichtete ich auf das Frühstück zu Hause, um mir stattdessen in der Schule etwas zu holen. An Freitagen zogen es Tante Nicole und Onkel Michael vor, auszuschlafen und einen nur kurzen Arbeitstag einzulegen. Noch in Gedanken sah ich aus dem Augenwinkel, dass meine beste Freundin April in unsere Auffahrt einbog.

Lächelnd schnappte ich mir die Schultasche und verließ das Haus, um sie zu begrüßen. Die Spitzen ihrer kirschroten Korkenzieherlocken berührten die Schultern und fielen ohne jegliches Nachbessern perfekt. Aufgeregt darüber, dass ich ehrlich lächelte, leuchteten ihre haselnussbraunen Augen, während ihre Lippen sich zu einem verschmitzten Lächeln verzogen. April trug ein weißes Kleid, das mit roten Blumen bedruckt war und ideal zu ihren Haaren passte. Der enge Schnitt des Kleides betonte die selbstbewusste und herausfordernde Seite meiner besten Freundin, die trotz ihrer rundlichen Figur vor Lebensfreude strahlte und nicht an knappen Outfits sparte. Um schultauglich gekleidet zu sein, hatte April unauffällige Ballerinas in Weiß angezogen und auf jeglichen Schmuck verzichtet.

»Liz, deine gute Laune ist zur Abwechslung ja gar nicht aufgesetzt. Wie kommt denn das? Planen du und Jack eure Hochzeit?«, platzte es aus ihr heraus, kaum dass ich ins Auto gestiegen war.

Lachend schüttelte ich den Kopf und sah sie amüsiert an: »Was dir wieder einfällt! Natürlich wollen wir nicht heiraten, dafür sind wir doch beide viel zu jung. Ich bin siebzehn und Jack ist genau wie du ein Jahr älter als ich. Hab ich dir nicht mal gesagt, dass ich mir unsicher bin, ob ich mich jemals vor den Traualtar wage? Viele Ehen werden geschieden, so ein Drama erspare ich mir lieber. Sind doch sowieso nur chemische Reaktionen, die sich jederzeit verändern können und ...«

»Jaja, schon klar«, unterbrach sie mich. »Wozu Romantik, wenn es stattdessen eine naturwissenschaftliche Erklärung tut? Weshalb bist du dann so fröhlich? Und sag nicht, dass es die ganze Zeit so war, denn das stimmt nicht. Ich kenne dich doch seit der Grundschule, du kannst mich nicht täuschen. Wieso der plötzliche Sinneswandel?« Sie durchbohrte mich mit einem allwissenden Blick.

Seufzend verdrehte ich die Augen. »Ich hab mich entschlossen, die Vergangenheit und die Trauer hinter mir zu lassen und in die Zukunft zu schauen«, weihte ich April ein.

Unsere Blicke trafen sich unvermittelt und ich entdeckte einen Schatten der Besorgnis in ihren Augen. »Bist du sicher, dass du das Trauma hinter dir lassen willst? Ist doch in Ordnung, wenn du weiterhin trauerst. Vielleicht solltest du warten, bis du vom Nachlassgericht in Deutschland gehört hast und weißt, ob du was erben wirst«, schlug meine Freundin vor, als sie den Wagen in eine Parklücke lenkte.

Entschlossen schüttelte ich den Kopf und stemmte meine Hände in die Hüften. »Wir haben nur noch ein Jahr vor uns, ich hab vor, danach zu studieren. Wenn ich weiterhin an der Vergangenheit und an der Familie hänge, schaffe ich es nie, auf eigenen Füßen zu stehen. Es wird Zeit, sich zu verändern und erwachsen zu werden.« Mit dieser Antwort löste ich den Gurt, griff mir die Tasche und stieg aus dem Auto aus.

Gemeinsam schlenderten April und ich die Treppen des Schulgebäudes nach oben, bis wir in der dritten Etage und vor Raum 302 ankamen. Dort hatten wir in diesem Schuljahr jeden Freitagmorgen Geschichte, mein Lieblingsfach. Vor dem Klassenzimmer wartete unsere beste Freundin Rachel, bei der die Party stattfand. Als sie uns entdeckte, stand sie vom Fußboden auf und kam auf uns zu. Obwohl sie in der Clique den Ton angab, war sie vom Wesen her entspannt und ausgeglichen. Rachels braune Haare fielen ihr zu einem Halbzopf gebunden über die Schultern. Ihre grünbraunen Augen brachten den gebräunten Teint zur Geltung. Wie zu erwarten, trug sie ein schwarzes T-Shirt und einen Rock in Pink, eine Angewohnheit, der sie mindestens einmal pro Woche nachkam. Rachel hatte sich leicht geschminkt und ihre Augen durch Kajal und Mascara zum Leuchten gebracht. Der Mittelpunkt waren ihre Lippen, die in einem sachten Rosé erstrahlten. Kaum stand sie vor uns, setzte sie zu einer ihrer berühmt-berüchtigten Reden an.

»April, Liz, da seid ihr ja endlich! Ich bin fast gestorben vor Langeweile! Die Jungs konnten nicht mit mir warten, da sie gleich Unterricht bei Mr. Miller haben, und er kommt immer zehn Minuten zu früh. Wann habt ihr vor, heute Abend zu kommen? Offiziell fängt die Party um 20 Uhr an«, wollte Rachel von uns wissen und sah uns auffordernd an.

»Das hängt ganz davon ab, welchen Dresscode du von uns erwartest und wie der Verkehr ist. Aber sei dir sicher, egal wie voll dein Haus sein wird, du wirst uns auf jeden Fall zu Gesicht bekommen«, erwiderte April amüsiert.

»Einen Dresscode gibt's nicht, das wär problematisch mit den Jungs geworden. Die wenigsten auf unserer Schule kennen sich mit Mode aus, es sei denn, es geht um Sport. Dennoch fände ich es cool, wenn ihr sommerlich-elegant kommt«, beantwortete Rachel Aprils Frage.

Wir wurden unterbrochen, als unserer Geschichtslehrer um die Ecke kam und die Tür aufschloss. Mr. Belton war ein etwa sechzigjähriger, hochgewachsener Mann mit Glatze. Seine blaugrauen Augen wanderten über das Meer von Schülern, um abzuschätzen, wie vollzählig sein Kurs am letzten Schultag war. Wie jeden Tag trug Mr. Belton einen schwarzen Anzug mit weißem Hemd und roter Krawatte. Obwohl er ein strenger Lehrer war und Verspätungen nur in seltenen Fällen duldete, war er bei den Schülern beliebt. Oft suchten wir das Thema aus. Zudem überließ er es meist uns, ob wir eine Facharbeit oder eine Klausur bevorzugten. Gruppenarbeiten und Exkursionen gehörten für meinen Geschichtslehrer genauso dazu wie das bunte Laub zum Herbst.

Kaum hatten wir uns auf unsere Plätze gesetzt, begrüßte Mr. Belton uns mit einer typischen Versetzungsrede, die er allen Elftklässlern kurz vor den Sommerferien widmete. Er erklärte uns, die heutige Stunde für verschiedene organisatorische Angelegenheiten nutzen zu wollen. Zum einen sei es zum Lernen zu heiß, zum anderen wüsste er aus Erfahrung, dass die wenigsten Schüler in den Ferien ihre E-Mails lasen.

»Wer von Ihnen im folgenden Schuljahr gedenkt, weiterhin einen Geschichtskurs bei mir zu belegen, der kann mir bis zum 31. Juli eine E-Mail schicken. Verspätete Anmeldungen werde ich nur berücksichtigen können, wenn danach noch freie Plätze übrig sind«, ertönte seine tiefe Stimme und riss mich aus meinen Gedanken.

Die vielsagenden Blicke der anwesenden Schüler, die alle, mich eingeschlossen, zu Stift und Papier griffen, ließen erkennen, wie unwahrscheinlich die Aussicht auf freie Plätze bei verspäteter Anmeldung war.

»Wir werden mindestens zwei Exkursionen im folgenden Jahr unternehmen. Zu einer davon erwarte ich Protokolle, für die andere wird jeder Schüler eine Facharbeit abgeben. Dafür verzichte ich auf Klausuren«, kündigte Mr. Belton die wichtigsten Punkte für das folgende Schuljahr an.

Aufgeregtes Geflüster brach in allen Ecken aus und selbst die Musterschüler konnten und wollten ihren Mund nicht halten. Viele Mädchen fingen an zu kichern und zu quietschen. Unser Geschichtslehrer war für seine besonderen Ausflüge bekannt, weshalb sich des Öfteren Schüler anderer Kurse heimlich in die Liste eintrugen und sich mit uns zusammen in die Busse begaben. Zehn Minuten dauerte es, bis Mr. Belton sich durchsetzte und uns zum Schweigen brachte. Er schlug vor, dass jeder von uns eine Idee einbringen könne und alle Schüler des jetzigen Kurses abstimmten. Diese Aktion nahm den Großteil der Unterrichtszeit ein und fünf Minuten vor dem Pausengong standen die zukünftigen Ausflüge fest. Der Geschichtslehrer würde mit seinem Kurs einen Tag im *Museum of Archaeology and Anthropology* verbringen, eine weitere Exkursion sollte zum *Cambridge Arts Theatre* führen. Für das Ende des nächsten Schuljahres plante er, eine Klassenfahrt nach London zu organisieren, wenn die Schulleitung diesem Vorschlag zustimmte. Kaum hatte Mr. Belton die ausgewählten Ziele aufgeschrieben, wünschte er uns auch schon schöne Ferien und entließ uns in die Pause.

Quatschend verließen April, Rachel und ich das Klassenzimmer und begaben uns zu unserem Treffpunkt, an dem wir zusammen mit Ted und Jackson die freien Minuten verbrachten. Als wir dort ankamen, lehnten die beiden Jungs lässig an der Wand und schienen sich über irgendetwas zu amüsieren. Grinsend schlenderte ich auf meinen Freund zu und küsste ihn auf den Mund. Seine kräftigen Hände legten sich um meine Hüfte und innig erwiderte er den Kuss. Ewigkeiten hätte ich den Duft nach Feuerholz und Wald einatmen können, hätte sich der Rest unserer Clique nicht auffällig geräuspert. Belustigt lösten Jack und ich uns voneinander. Glücklich schaute ich ihm in die Augen und fuhr ihm durch sein schulterlanges schwarzes Haar. Obwohl das Thermometer fünfundzwanzig Grad anzeigte, trug er wie gewöhn lich dunkle Kleidung, die seinen Musikgeschmack unterstrich. Auf seine Favoritenliste schafften es die Bands *Five Finger Death Punch, Green Day* und *Skillet*.

»Hey, kleiner Engel, alles klar bei dir?«, erkundigte sich Jack, während er mir durch die Haarpracht wuschelte.

»Lass meine Haare in Ruhe, ich hab Ewigkeiten gebraucht, sie zu einem vernünftigen Zopf zusammenzubinden!«, meckerte ich beleidigt und holte eine Haarbürste aus der Hosentasche. Diese Reaktion löste bei den Jungs einen Lachanfall aus. Mit funkelnden Augen fixierte ich sie der Reihe nach, womit ich sie sofort zum Schweigen brachte. Ich hasste es, wenn jemand mir durch die Haare wuschelte. Erstens erinnerte mich das immer daran, wie Onkel Michael mich als Kind begrüßt hatte, und zweitens war die Mähne schwer zu bändigen – nicht, dass Jackson das jemals interessiert hätte.

»Dann stell ich die Frage eben noch mal: Ist alles okay bei dir, mein Engel?«, fragte Jack und schenkte mir sein süßestes Lächeln. Das war einer der Gründe, weshalb ich ihn so liebte: dieses unschuldige, verführerische Grinsen, das Mädchenherzen zum Schmelzen brachte und mei stens dazu führte, dass ich vergaß, warum ich wütend auf ihn war. Bevor ich antworten konnte, hörte ich ein Räuspern, das mich daran erinnerte, dass Jackson und ich nicht allein auf dem Schulhof waren. Schmunzelnd wandte ich mich Ted zu, um auch ihn zu begrüßen. Sein Kleidungsstil war komplett anders als der von Jack. Ted bevorzugte sportliche Kleidung, mit Ausnahme von Partys und Restaurantbesuchen. Seine Haare waren hellbraun und kurz geschnitten, sein Teint war blass. Amüsiert zog Ted mich in den Arm und sagte: »Nur weil ich dich nicht als Engel bezeichne, heißt das nicht, dass ich gerne ignoriert werde!«

Lachend erwiderte ich die Umarmung: »Wäre ein bisschen seltsam, wenn der beste Kumpel meines Freundes mich mit Kosenamen ansprechen würde. Aber jetzt mal eine andere Frage. Wie geht es mit deinem Training voran? Meinst du, dass du bereit bist, im September beim Marathonlauf mitzumachen?«

»Wenn dein Freund mich weiterhin unterstützt, indem er mir in den Hintern tritt, bis ich neue Bestzeiten erreiche, dann ja. Jack erinnert mich daran, wie wichtig es ist, sich an meinen Ernährungs- und Trainingsplan zu halten und regelmäßig zu trainieren. Ohne ihn hätte ich schon längst aufgegeben. Gestern war es zu heiß zum Laufen, darum ist er mit mir ins Schwimmbad gegangen und hat dort meine Bestzeit gemessen. Ist es wirklich okay für dich? Immerhin hat er dadurch weniger Zeit für dich«, beendete Ted seine Rede mit einer besorgten Frage. Diese Sorge verwarf ich sofort, indem ich ihn ehrlich anlächelte und erklärte, dass es in Ordnung sei.

»Ich war in letzter Zeit nicht ich selbst. Meine Trauer hätte ihn nur runtergezogen, wenn er keine Ablenkung gehabt hätte. Wir alle wissen, dass Jack eine Beschäftigung braucht und vor allem jemanden, auf den er achtgeben kann. Es ist gut, dass er dir geholfen hat, anstatt sich die ganze Zeit um mich zu sorgen. Außerdem bist du doch unser Freund, dein Erfolg liegt uns beiden am Herzen.«

Bevor Ted sich bedanken konnte, klingelte es zur nächsten Stunde. Für Rachel und die Jungs stand jetzt Politik auf dem Plan, für April und mich Französisch. Nachdem wir uns verabschiedet hatten, sprinteten wir die Treppen hoch, um nicht zu spät zu kommen. Madame Bleu konn te es nicht ausstehen, wenn Schüler nach dem Klingeln den Raum betraten, und am letzten Schultag wollte ich keinen Ärger haben. Im Klassenraum angekommen, atmeten April und ich erleichtert aus.

Unsere Lehrerin, halb Engländerin und halb Französin, schrieb gerade den Tagesablauf an die Tafel. Das bedeutete, dass der Unterricht offiziell noch nicht begonnen hatte. Madame Bleu wandte sich von der Tafel ab und ihre dunkelblauen Augen überprüften die Namensliste. Ihre blonden Haare hatte sie in einem strengen Dutt zusammengebunden und ihr perfekt geformter Körper steckte in einem hellblauen Etuikleid. Trotz ihrer unterdurchschnittlichen Körpergröße schaffte meine Lehrerin es, von allen Schülern respektiert zu werden. Dies erreichte sie durch Strenge, Fairness und High Heels. Die heutige Französischstunde zeichnete sich durch langweilige Themen aus, wir redeten über die Anforderungen an das nächste Schuljahr und über die A-Levels. Sport und Psychologie zogen sich heute ebenfalls zäh wie Kaugum mi hin und allen Schülern war die Erleichterung anzusehen, als es um 15:30 Uhr klingelte. Endlich hatten wir Sommerferien!

April fuhr mich wieder nach Hause, so kam ich schon um kurz vor vier an. Gerade rechtzeitig, wie sich herausstellte, denn Nicole hatte soeben Mittagessen für die gesamte Familie gekocht, sie konnte es nicht ausstehen, wenn ihr Essen kalt wurde, immerhin gab sie sich viel Mühe beim Kochen.

»Das riecht lecker! Was gibt es denn heute?«, wollte ich neugierig wissen, als ich mit knurrendem Magen die Küche betrat. Beim Klang meiner Stimme drehte sich Nicole um und begrüßte mich herzlich. Ihre rotblonden, kinnlangen Haare standen in alle Richtungen ab und passten nicht recht zu ihrem Kleid, ihrem bevorzugten Kleidungsstil. Ihre braunen Augen hoben den gebräunten Teint perfekt hervor. Genau wie April war meine Tante trotz ihres Übergewichts selbstbewusst und zeigte sich häufig im Bikini oder in anderer figurbetonter Kleidung.

»Heute gibt es Spaghetti Carbonara. Das hast du immer gerne gegessen, wenn wir in Deutschland zu Besuch waren. Wie war es in der Schule? Freust du dich auf die Ferien und auf das Abschlussjahr danach?«, sprudelte es aus meiner Tante heraus, während sie die Sauce umrührte und die Spaghetti abgoss. Amüsiert schüttelte ich den Kopf und konnte mir ein Lachen nicht verkneifen.

»Der Unterricht ist seit einer halben Stunde vorbei und du glaubst ernsthaft, dass ich mir jetzt schon Gedanken über das Abschlussjahr mache? Ich will erst mal meine Ferien genießen. Die habe ich mir mehr als verdient«, antwortete ich belustigt und begann den Tisch zu decken. Gerade als ich die letzte Gabel auf dem Küchentisch platzierte, kam Michael herein. Wie immer hatte er ein ausgeprägtes Gespür dafür, wann es sich lohnte, die Küche zu betreten. Mein Onkel war leicht gebräunt und hatte kurze braune Haare und hellblaue Augen, die auf eine Lesebrille angewiesen waren. Kaum bemerkte er, dass ihm keine Zeit mehr blieb, um die Zeitung zu lesen, nahm er seine Brille ab, umarmte mich und setzte sich an den Küchentisch. Nur während geschäftlicher Treffen legte er Wert auf eine angemessene Kleidung, zu Hause bevorzugte er Jeanshosen und T-Shirts. Er schien unser Gespräch belauscht zu haben, aber vertrat zum Glück meine Ansicht.

»Nicole, lass die Kleine erst mal ankommen und durchatmen. Das Schuljahr war lang genug und hat sie ganz schön gefordert. Liz hat sich eine Pause verdient.« Dankbar lächelte ich ihn an. Beim Mittagessen erzählte ich von Rachels Party am Abend und dass ich anschließend bei Jackson übernachten wollte. Jack wohnte in der Nähe von Rachel und es war nicht klar, wie lange die Party dauern würde. Zum Glück erteilten Michael und Nicole mir ihre Erlaubnis und ich begab mich nach dem Mittagessen ins Badezimmer.

Nach dem Duschen föhnte und glättete ich meine Haare, bevor ich im Kleiderschrank ein paar Minuten nach einem passenden Outfit suchte. Meine Wahl fiel auf ein hellgrünes, knielanges Kleid, das die Vorzüge meines sportlichen Körpers sanft betonte, ohne mich dabei billig aussehen zu lassen. Es war vorn hochgeschlossen, wies aber einen tief reichenden Rückenausschnitt auf. Passend dazu wählte ich eine Halskette mit Anhänger in Blumenform, ein Armband sowie schwarze Pumps mit leichtem Absatz. Um abends die Anzahl dämlicher Anmachsprüche auf ein Minimum zu reduzieren, beschränkte ich mein Make-up auf etwas Puder, Kajal, Mascara und ein dezentes Lipgloss. Kaum hatte ich einen letzten Blick in den Spiegel geworfen und dabei festgestellt, dass ich wirklich zufrieden mit dem gewählten Outfit war, hörte ich eine Hupe, mit der April sich ankündigte. Erstaunt bemerkte ich, dass es schon zwanzig vor acht war. Schnell schnappte ich mir meine grüne Handtasche, sprintete ins

Wohnzimmer, verabschiedete mich von Michael und Nicole und verließ das Haus.

»So einen Aufriss, wie du um dein Outfit gemacht hast, vermute ich, dass für dich heute Nacht nach der Party noch lange nicht Schluss ist«, begrüßte mich meine beste Freundin grinsend, bevor sie losfuhr, und spielte damit auf den Plan an, bei Jackson übernachten zu wollen.

»Da hast du recht. Ich habe Jack in den vergangenen Wochen vernachlässigt und es wird Zeit, dass ich das wiedergutmache. Das letzte Mal, als ich bei ihm übernachtet habe, ist schon zwei Monate her. Zudem weiß ich nicht, was in den Sommerferien auf mich zukommt. Letzte Woche meinte meine Tante, dass die Testamentseröffnung mitten in den Ferien stattfinden wird. Wer weiß, wie lange ich dann in Deutschland bleibe und meinen Freund nicht sehen kann? Unsere Beziehung wäre nicht die erste, die an einer zu großen Entfernung zerbrechen würde. Natürlich muss es nicht so kommen und ich will es auch nicht, aber wenn es passiert, möchte ich zumindest jetzt die Zeit mit Jack genießen«, erklärte ich meiner Freundin und meinte auch jedes Wort so.

»Wie gut, dass Jacksons Eltern wohl schon schlafen, wenn ihr nach der Party zu ihm geht. Auch wenn du sie lange nicht gesehen hast und dein heutiger Besuch bestimmt eine schöne Überraschung für sie wäre, müssen die beiden ja nicht alles mitbekommen.«

Lachend schlug ich ihr auf den Arm, bevor ich Aprils rotes Kleid musterte, das einen tiefen Einblick in ihr Dekolleté preisgab. »Und welchen jungen Mann willst du heute aufreißen?«, fragte ich schmunzelnd, bekam als Antwort jedoch nur ein Augenzwinkern. Schulterzuckend stieg ich aus dem Auto, als wir in der Auffahrt von Rachels Eltern hielten.

Gemeinsam gingen April und ich auf das Haus zu, das wir seit unserer Kindheit in- und auswendig kannten. Rachels Eltern waren beide als Abteilungsleiter einer erfolgreichen Firma tätig und verfügten dementsprechend über ein gehobenes Einkommen, eine Tatsache, die dem Haus und seiner Umgebung deutlich anzusehen war. Obwohl es nur zehn Minuten von Cambridge und nur fünfzehn Minuten vom Zentrum entfernt war, befand es sich in einer ruhigen Lage mit großem Garten und Swimmingpool. Es gab drei Etagen, die unterste war die Familien-Etage mit Gästebad, einer offenen Küche mit angrenzendem riesigen Wohnzimmer sowie einer Terrasse. Die mittlere Etage war für Mr. und Mrs. Venters bestimmt und besaß zwei Arbeitszimmer, ein Bade zimmer und ein Schlafzimmer. Ganz oben lag Rachels Reich mit einem Arbeitszimmer, einem Schlafzimmer mit Balkon und begehbarem Kleiderschrank, einem Wohnzimmer und einem Badezimmer mit Badewanne.

Gerade als ich mir wünschte, ich hätte denselben Luxus zur Verfügung, öffnete Rachel die Tür. Ihre Haare waren zu einem französischen Zopf geflochten und legten die Ohrringe frei. Passend dazu trug sie eine silberne Kette ohne Anhänger. Ihr Kleid war schwarz, knielang und in der Mitte mit einer Schleife zusammengebunden, wodurch Rachels Taille gut zur Geltung kam. Ihr Make-up war auf roten Lippenstift und etwas Mascara beschränkt, sie trug flache Schuhe. Lächelnd zog unsere Freundin zuerst mich und dann April in ihre Arme.

»Schön, dass ihr da seid. Die Party ging schon um sieben los, weil einige bei mir klingelten. Da keine von euch ans Telefon gegangen ist, wahrscheinlich wart ihr im Bad, hab ich euch was vom Buffet aufgehoben.«

»Ich nehme mal an, dass deine Eltern nicht da sind, sonst würde hier unten ja wohl niemand feiern«, meinte April vergnügt und deutete auf ein Pärchen, das in der Küche mit Knutschen beschäftigt war.

»Ja, meine Eltern sind um fünf verschwunden und kommen erst morgen Nachmittag wieder. Damit ich keinen Ärger bekomme, räumt bitte eure Sachen weg, bevor ihr geht. Denn eigentlich sollte ich hier unten nicht feiern. Es kamen mehr Leute als erwartet und auf meiner Etage ist nicht genug Platz. Jack ist übrigens oben, dort wird andere Musik gespielt. Die meisten Jungs, die wir nicht kennen, feiern im Wohnzimmer. Nur zu deiner Information für deine heutige Abendplanung, April«, teilte Rachel uns mit, bevor sie im Gästebad verschwand.

Ich begab mich in die oberste Etage, um nach meinem Freund zu suchen. Er entdeckte mich jedoch zuerst, schlich sich von hinten an und legte die muskulösen Arme um meine Hüfte. Genießerisch lehnte ich mich an seine Brust und atmete das Aftershave ein. Heute Morgen war er unrasiert zur Schule gekommen, weshalb ich erleichtert war, dass er vor der Party den Rasierer in die Hand genommen hatte. Während ich mich auf die Berührung seiner Hände konzentrierte, küsste Jackson mei nen Hals, bevor er mir ins Ohr flüsterte: »Ich habe dich vermisst, Engel.« Ohne eine Antwort abzuwarten, drehte er mich herum und drückte mir einen Kuss auf den Mund. Ich löste mich von ihm und zog ihn lachend auf die Tanzfläche.

Wir verbrachten den ganzen Abend und einen Teil der Nacht mit Tanzen und Trinken. Dabei ließen wir uns auf nahezu jeden Tanzstil ein, von Jive über Walzer bis hin zu Salsa. Um 3 Uhr hatten wir keine Lust mehr, also verabschiedeten wir uns von den letzten Anwesenden und gingen zu Fuß zu Jack nach Hause. Draußen war es für die Zeit auffällig warm und es wehte ein leichter Wind. Das war das perfekte Wetter für einen kleinen Spaziergang in den frühen Morgenstunden. Im Haus von Jacksons Eltern gab es nur zwei Etagen, die obere gehörte ihm. Meinem Freund standen ein Schlafzimmer, ein Badezimmer und ein Arbeitszimmer zur Verfügung. In der unteren Etage lagen das Schlafzimmer seiner Eltern, die Küche, das Wohnzimmer sowie ein weiteres Bad. Um Mr. und Mrs. Porter nicht zu wecken, schlichen wir uns die Treppen nach oben in Jacksons Zimmer, wo wir die Tür hinter uns abschlossen und unsere Lippen begierig aufeinandertrafen.

Ein unErwartEtEs ErbE

Am nächsten Tag gegen zwölf klingelte mein Handy und riss sowohl mich als auch Jack aus dem Schlaf. Verwirrt blinzelte ich ein paar Sekunden, bis ich es schaffte, das störende Geräusch ausfindig zu machen. »Schalt das verdammte Ding aus«, murmelte mein Freund genervt und presste sich das Kissen auf die Ohren. Entschlossen, diesem Wunsch nachzukommen und schnell wieder in süße Träume zu sinken, quälte ich mich aus dem Bett und zu meiner Handtasche. Als ich das Handy jedoch in der Hand hielt, änderte ich schlagartig meine Meinung. Denn der Name, der auf dem Display erschien, war der meiner Tante. Nicole wusste, wo ich mich aufhielt, und hätte nicht angerufen, wenn es nicht wichtig gewesen wäre. Neugierig geworden, begab ich mich in Jacks Arbeitszimmer. »Ist alles in Ordnung, Nicole?«, wollte ich wissen, kaum dass ich den Anruf entgegengenommen hatte.

»Kannst du bitte heute Nachmittag nach Hause kommen? Wenn möglich, schon früher? Das deutsche Nachlassgericht hat das Testament geschickt und deine Großmutter hat dir einiges vererbt. Ich möchte das nicht am Telefon besprechen, aber du wirst entscheiden müssen, ob du das Erbe annimmst. Dein Onkel und ich warten auf dich und stehen dir gerne beratend zur Seite«, antwortete Nicole mit einem für sie untypischen Ernst, der keinerlei Widerspruch zuließ. Nun war jegliche Müdigkeit verschwunden und ich spürte, wie das Adrenalin durch meine Adern pumpte.

»Das Testament ist da? Aber ich dachte, dass wir nur eine Auflistung bekommen, was wir geerbt haben, und dann zur Testamentseröffnung eingeladen werden! Müssen wir nach Deutschland?«, machte ich meiner Verwirrung Luft, während ich mir durch die verwuschelten Haare fuhr. Ohne was dagegen tun zu können, lief ich auf und ab und vergaß vollkommen, dass ich nur Unterwäsche trug.

»Wenn du, wovon dein Onkel und ich ausgehen, das Erbe annimmst, wirst du um einen Deutschlandbesuch nicht herumkommen. Aber wie gesagt, die Details möchte ich nicht am Telefon besprechen«, erklärte meine Tante ungewohnt sachlich.

»Ich komme so schnell wie möglich nach Hause«, versprach ich ihr, noch ganz benommen.

Als ich wieder ins Schlafzimmer zurückkam, war mein Freund hellwach. Jack kannte mich gut genug, um zu wissen, dass ich nicht ohne Grund ans Handy gegangen war. Zudem verriet mich wahrscheinlich der besorgte Blick. »Was ist los, mein Engel?«, hakte er interessiert nach und klopfte neben sich auf das Bett. Seine schwarze Mähne war verwuschelt, sein Blick durchdringend, seine Gedanken hingegen schienen kristallklar zu sein. Dankbar kam ich der Aufforderung nach und fing an zu schluchzen, als ich das Gespräch in eigenen Worten wiedergab. Das war unfair! Warum mussten es immer meine Pläne sein, die sich innerhalb kürzester Zeit in Luft auflösten? Während ich ihm alles erzählte, hatte Jack mich in den Arm gezogen und mir tröstend über den Rücken gestrichen. Ruhiger als zuvor löste ich mich aus seiner Umarmung und sah ihn mit Tränen in den Augen an. Ich wollte ihn nicht verlassen!

»Liz, du weißt, dass ich dich liebe. Und ich weiß, dass du deine Großmutter geliebt hast. Deswegen wirst du das Erbe, was immer es ist, annehmen und mit deiner Familie nach Deutschland fliegen. Klär ab, was du klären musst, und lass einfach los. Danach kommst du zurück und wir absolvieren gemeinsam unser Abschlussjahr. Ein paar Wochen Trennung werden uns nicht schaden. Weißt du denn, wann ihr nach Deutschland fliegt und wann ihr zurückkommt?«

Nachdenklich schüttelte ich den Kopf: »Nein, Nicole will mir alles berichten, wenn ich zu Hause bin, sie wollte darüber nicht am Handy sprechen. Ich erzähl es dir heute Abend, versprochen. Weißt du eigentlich, wie dankbar ich dir für alles bin? Du bist die ganze Zeit für mich da und unterstützt mich. Du bist mir nicht mal böse, dass ich kaum für dich da war während meiner Trauerphase«, erklärte ich dem besten Freund der Welt und küsste ihn auf den Mund. Jack löste sich von mir und versprach, auch nach meiner Rückkehr für mich da zu sein. Anschließend machten wir uns im Badezimmer fertig, bevor er mich nach Hause fuhr.

Als ich das Haus betrat, saßen Nicole und Michael am Küchentisch, über ein mehrseitiges Dokument gebeugt. Auch ohne ein Wort zu lesen, wusste ich, dass es sich dabei zweifellos um das Testament handelte. Nun spürte ich die Neugierde in mir hochkommen. Mein Herzschlag beschleunigte sich und meine Hände wurden schwitzig, zugleich schwirrten tausend Gedanken durch meinen Kopf. Was konnte Großmutter mir vererbt haben, das Nicole so geheimnisvoll klingen ließ? Etwa Schmuck oder Geld? Aber wozu sollte ich mich dann von Tante und Onkel beraten lassen? Wenn es Geld wäre, würde ich einen Teil auf dem Konto anlegen und mir einen teuren Urlaub gönnen. Schmuck würde ich erst zu Geld machen und dann genauso verfahren. Oder hatte ich etwas Außergewöhnliches geerbt?

Da meine Neugierde nun den Höchstpunkt erreicht hatte und ich nicht länger grübeln wollte, machte ich mit einem Räuspern auf mich aufmerksam. Sofort drehten sich Nicole und Michael zu mir um und baten mich, ebenfalls am Küchentisch Platz zu nehmen.

»Hey, ihr beiden. Ich bin so schnell gekommen wie möglich. Nicole, warum konntest du mir denn nicht am Handy sagen, was ich geerbt habe?«, wollte ich von meiner Tante wissen, woraufhin sie das Dokument über den Tisch schob.

Ich hatte das Haus geerbt! Das Haus, in dem meine Eltern gelebt haben und in dem meine Oma gestorben ist! Geschockt und unsicher wandte ich mich an meinen Onkel.

»Ich soll das Haus erben? Aber ich habe davon doch keine Ahnung! Soll ich das Erbe annehmen oder liegt da eine Hypothek drauf? Muss ich, wenn ich das Erbe an nehme, eine Pacht zahlen? Und wie soll ich das im Winter mit dem Schneeschippen machen? Dafür bin ich dann verantwortlich, oder?«

Das Zittern in meiner Stimme verriet, dass Panik in mir aufstieg, die schwitzigen Hände fingen nun auch zu zittern an und ein Kloß bildete sich in meinem Hals. Während die beiden vielsagende Blicke austauschten, fuhr ich mir verzweifelt durch die Haare, unfähig, einen klaren Gedanken zu fassen. Zum Glück dauerte es nicht lange, bis Michaels Stimme mich zurück auf den Boden der Tatsachen holte.

»Zuerst einmal hatte Hayley keinerlei Schulden, somit liegt keine Hypothek auf dem Haus. Du kannst das Erbe annehmen, wenn du möchtest. Deine Tante und ich raten dir, das Anwesen auszuräumen und anschließend zu verkaufen, dabei wären wir dir natürlich behilflich. Du hast ja selbst gesagt, wie viel Arbeit darin steckt, es zu behalten. Es sei denn, du möchtest den Arbeitsaufwand auf dich nehmen. Wir könnten so lange, bis du mit deinem Studium durch bist, die weiteren Kosten übernehmen. Während der Ferien müsstest du selber nach Deutschland fliegen und Hand anlegen. Oder du lehnst das Erbe ab. Wofür du dich entscheidest, liegt bei dir, wir unterstützen dich bei allen drei Möglichkeiten.«

Wie ich meinen Onkel kannte, ließ er wichtige Aspekte aus. Bei den ersten beiden Möglichkeiten gab es sicherlich einen Haken und den wollte ich kennen, bevor ich die Entscheidung traf.

»Wo ist der Haken, Michael? Ich weiß, dass bei den ersten beiden Optionen ein gewisser Preis zu zahlen ist. Worauf muss ich mich einstellen, wenn ich das Erbe annehme?«, fragte ich ihn mit wachsamen Augen, während meine Hände sich zu Fäusten zusammenballten.

»Solltest du das Erbe annehmen, musst du mit nach Deutschland kommen«, klärte mich Nicole auf. »Zum einen für die Testamentseröffnung. Zum anderen hat deine Großmutter viel gesammelt und das Haus muss ausgeräumt werden. Das bedeutet sehr viel Stress, der sich über Monate hinziehen wird. Diesen Aufwand übernehmen Michael und ich nicht allein. Das würde für dich bedeuten, dass du zu Beginn des Schuljahres nicht zu rück sein wirst, denn die Testamentseröffnung findet erst am 2. August statt und ich schätze, dass wir mit dem Ausräumen nicht vor November durch sein werden. Dies hätte zur Folge, dass du dein Abschlussjahr in Deutschland absolvieren müsstest.« Sie musterte mich mit einem durchdringenden Blick, als wollte sie herausfinden, ob mir diese Belastung zuzutrauen wäre.

Hin- und hergerissen starrte ich auf meine Hände. Wie sollte ich mich entscheiden? Wäre ich bereit, alle meine Freunde zurückzulassen? Zudem hatte ich den Tod von Oma noch nicht verkraftet. Das Haus aufzusuchen, in dem sie gestorben war, würde sicherlich die Wunden wieder aufreißen. Auf der anderen Seite war das Anwesen sowohl für meine Eltern als auch für meine Großmutter von großer Bedeutung gewesen. Könnte ich wirklich dermaßen egoistisch und herzlos sein, ein so wichtiges Familienerbstück verrotten zu lassen? Nein, das konnte ich nicht. Was bedeutete schon ein bisschen Herzschmerz, den man irgendwann überwinden würde, gegenüber einem fortwährend schlechten Gewissen?

Als ich Nicole und Michael mitteilte, dass ich das Erbe annehmen wollte, allerdings nicht wusste, ob ich es behalten oder verkaufen sollte, wirkten die beiden erleichtert. Nicole erklärte mir, dass wir drei uns direkt nach der Testamentseröffnung einen ersten Eindruck vom Haus verschaffen würden. Während der gesamten Phase des Ausräumens wollten wir in einem Hotel übernachten, da Michael das Gebäude für unbewohnbar hielt.

Nach dem Gespräch begab ich mich in mein Zimmer und teilte allen Freunden die Neuigkeit mit. Danach legte ich mich auf das Bett und hörte Musik, um die getroffene Entscheidung zu verarbeiten. Die meisten Songs ließen Bilder in meinem Kopf auftauchen, die mich zugleich traurig und stolz stimmten. Traurig wurde ich beim Gedanken an meine Freunde und unsere Ferienpläne, aber auch bei den Erinnerungen an die Zeit mit meiner Großmutter. Stolz hingegen empfand ich bei den Erinnerungen, die mich mit Papa selbst im Tod verbanden. Ich war ihm in vielerlei Hinsicht ähnlich. Ich wollte es mir nicht eingestehen, aber dies war der einzige Grund, weshalb ich das Erbe annahm. Mein Vater hatte etwas über unsere Vorfahren in Erfahrung gebracht und war davon überzeugt gewesen, ihnen gerecht werden zu müssen. Und ich werde es genauso machen, koste es, was es wolle. Stolz auf meine Hartnäckigkeit streckte ich mein Kinn nach vorn und schlief mit einem breiten Grinsen ein.

Am 29. Juli, vier Tage vor der Abreise nach Deutschland, hatte ich mir einiges vorgenommen. Darum klingelte mein Wecker schon um 9 Uhr. Trotz Müdigkeit war mein Geist klar wie noch nie, denn ich würde am Abend ein letztes Mal meine Freunde treffen. Dieser Gedanke stimmte mich zwar traurig, jedoch fand ich Trost bei der Erinnerung daran, dass die Trennung nicht für immer währte und auch etwas Gutes bereithielt: Ich konnte vor Ort die Trauer ein für alle Mal bewältigen.

Lächelnd stand ich auf und schaute aus dem Fenster. Es war trocken und warm draußen, die Kinder lachten und kreischten, die Vögel zwitscherten, keine einzige Wolke war zu sehen und es wehte ein leichter Wind. Nachdem ich mich vergewissert hatte, dass es schon warm genug für kurze Kleidung war, wandte ich mich dem Kleiderschrank zu und entschied mich für dunkel blaue Hotpants und ein lachsfarbenes Top. Zudem legte ich mir drei weitere T-Shirts, eine lange Jeans, Socken und Unterwäsche, eine Jacke und ein Paar Schuhe zur Seite, alles Klamotten, die ich nicht einpackte und in den nächsten Tagen anziehen wollte. Noch vor dem Kofferpacken fing mein Magen an zu knurren, hungrig verließ ich das Zimmer und begab mich in die Küche.

»Guten Morgen, Kleines. Geht's dir gut? Du siehst ein bisschen blass aus«, wurde ich von Nicole besorgt begrüßt. Sie hatte ein Gespür dafür, wenn mich etwas bedrückte oder es mir nicht gut ging. Es brachte nichts, sie anzulügen.

»Ach, es macht mich nur traurig, alles zurückzulassen, besonders meine Freunde. Aber mach dir keine Sorgen, ich weiß, dass es wichtig ist, nach Hannover zu fliegen«, antwortete ich mit einem Seufzen und begab mich zur Kaffeemaschine.

»Das wird wieder, glaub mir. Am Anfang ist es immer ein seltsamer und trauriger Gedanke, aber du kennst Hannover wie deine Westentasche. Außerdem bist du selbstbewusst und offen, sicherlich lernst du schnell nette Leute in der neuen Schule kennen. Über die Weihnachtsferien kommst du nach Hause, dann kannst du deine Freunde wiedersehen. Mach dir bitte keinen Kopf, es wird alles gut werden«, ermunterte Tante Nicole mich, strich mir liebevoll durch die Haare und drückte mir einen Kuss auf die Stirn. Dankbar wandte ich mich dem Frühstück zu, bevor ich wieder in mein Zimmer ging, um den Koffer zu packen.

Da Musik für gewöhnlich meine Laune verbesserte und die Sorgen in Luft auflöste, drehte ich das Radio auf und sang mit. Sofort bekam ich beim Gedanken an das Abschlussjahr in Deutschland ein gutes Gefühl, das jegliche Traurigkeit verschwinden ließ. Nicole hatte recht: Sobald ich mich eingewöhnt habe, wird sich alles zum Guten wenden. Ganz vertieft ins Kofferpacken bemerkte ich nicht, wie die Zeit verging. Umso erstaunter war ich, als Michael in der Tür stand und mich amüsiert ansah. Auf meinen fragenden Blick hin erklärte er: »Es ist ja schön, dass du mit der Tatsache, in Deutschland den Abschluss machen zu müssen, Frieden geschlossen hast, dennoch solltest du deine Freunde nicht vergessen.«

Ich schaute auf die Uhr und geriet leicht in Panik. War es wirklich schon halb sieben abends? Aber das konnte doch nicht sein, ich hatte gerade erst mit dem Packen begonnen! Wie war es möglich, dass ich nur noch eine Stunde bis zum Treffen mit der Clique hatte?

»Wie spät ist es denn? Die Uhrzeit auf meinem Handy muss falsch eingestellt sein und ...«, begann ich, wurde jedoch lachend von Michael unterbrochen. »Nein, Kleines, es ist tatsächlich schon halb sieben. Wenn du dich pünktlich mit deinen Freunden in einer Stunde vor dem *McChip* treffen möchtest, solltest du dich langsam fertig machen, anstatt dem Handy die Schuld für deine Planlosigkeit unterzujubeln.«

Bevor ich etwas erwidern konnte, verließ er schmunzelnd mein Zimmer und überließ mich meinem Problem. Na toll!

Ohne einen weiteren Blick auf das entstandene Chaos zu werfen, begab ich mich ins Badezimmer. In einer unfreiwilligen Bestzeit von nur zwanzig Minuten machte ich mich fertig. Obwohl es draußen noch warm war, hielt ich es für eine gute Idee, eine lange Jeanshose und die Jeansjacke anzuziehen. Die Wolken am Himmel ließen einen Regenschauer erwarten, schwer zu sagen, wie das Wetter auf dem Heimweg wäre. Fünf Minuten nach acht kam ich vor unserem bevorzugten Schnellrestaurant an, in dem sich alles um Pommes drehte. Meine Freunde warteten schon.

»Da bist du ja, Liz! Ich sterbe vor Hunger!«, begrüßte mich Rachel und kam mit einer Umarmung auf mich zu. Ihre Augen funkelten herausfordernd, jedoch verriet ihr Grinsen, dass sie nicht wirklich wütend war. Allerdings war Rachel von Natur aus ungeduldig, weshalb sie mit den Füßen scharrte, als sie sich beschwerte.

»Ist ja gut, du wirst ja nicht verhungern, nur weil ich fünf Minuten zu spät bin«, meinte ich lachend und löste mich aus ihrer Umarmung. Ich wandte mich Jack zu und drückte ihm einen Kuss auf den Mund. Dieses Mal ignorierten wir das Räuspern unserer Freunde und ließen uns Zeit. Noch nie hatte ich einen Kuss so genossen! Das lag wohl daran, nach heute Abend so schrecklich lange auf die nächste Gelegenheit in den Weihnachtsferien warten zu müssen.

»Das werde ich so vermissen! Willst du nicht doch mit nach Hannover kommen?«, fragte ich sehnsüchtig, während wir alle zusammen das Restaurant betraten.

»Das würde ich ja gerne, Engel, aber meine Eltern spielen da nicht mit. Versprich mir einfach, dass wir den heutigen Abend ohne Meckern genießen und die nächsten Monate regelmäßig telefonieren«, antwortete Jack und zog einen Stuhl für mich zurück. Dankbar setzte ich mich hin und ließ den Blick durch das Restaurant schweifen.

Der große Speisesaal war modern eingerichtet und mit Bildern verschiedener britischer Sehenswürdigkeiten geschmückt. Vor dem Tresen bestellten die Gäste ihr Essen und trugen es selbst an ihren Tisch. Hinter dem Tresen lagen Küche, Kühlräume und Vorratskammer. Auf den T-Shirts der Mitarbeiter war das Logo des Restaurants abgebildet.

»Was wollt ihr bestellen?«, fragte Ted in die Runde. »Ich weiß nicht recht«, meinte ich. »Wohl *Fish and Chips*, dazu eine Cola, und du?«

Er überlegte einen Moment, bevor er antwortete: »Ich mag es typisch amerikanisch. Ein Hamburger, dazu Pommes und eine große Cola. Du weißt ja, dass ich nach der Schule nach Amerika gehen möchte.«

Jack bestellte das Gleiche wie Ted, Rachel nahm ebenfalls *Fish and Chips*, dazu jedoch einen Eistee. April entschied sich für ein belegtes Sandwich mit Pommes und Ketchup als Beilage und einen Apfelsaft. Wir setzten uns an einen Tisch am Fenster und genossen unser Essen.

»Wie wird es für dich in Deutschland weitergehen?«, fragte April neugierig. Die auffordernden Blicke der gesamten Clique zeigten, dass meine Freundin nicht die Einzige war, die sich mit dieser Frage beschäftigte. Seufzend schluckte ich den Bissen hinunter und nahm einen Schluck Cola, bevor ich antwortete.

»Zuerst müssen wir zur Testamentseröffnung, da werde ich das Erbe annehmen. Danach fahren wir zu dem Haus und verschaffen uns einen Überblick. Wir wissen, dass meine Großmutter viel gesammelt hat und sehr viel auszuräumen ist. Da das Anwesen dann mir gehört, muss ich natürlich dabei sein. Michael und Nicole helfen mir und gehen davon aus, dass wir nicht vor November fertig werden, die Schule beginnt aber schon im September. Im laufenden Schuljahr von der deutschen Schule zur Melton School zurück zu wechseln, ist kontraproduktiv, darum mach ich besser das gesamte Abschlussjahr in Hannover«, fasste ich den Plan der nächsten Monate in wenigen Sätzen zusammen.

»Aber in den Ferien, vor allem zu Weihnachten, kommst du uns doch besuchen, oder?«, wollte Ted er schrocken wissen. Lachend stellte ich das Glas ab und schmunzelte. Als ob ich es übers Herz bringen würde, meine Clique erst in einem Jahr wiederzusehen! So gut sollte Ted mich doch kennen, immerhin waren wir seit dem Kindergarten befreundet.

»Denkst du ernsthaft, dass ich euch im Stich lasse? Klar werd ich über die Ferien nach England kommen, schließlich kommen Nicole und Michael auch zurück. Also macht bitte keinen Stress, wir werden regelmäßig skypen, über WhatsApp in Kontakt bleiben und uns in den Ferien sehen. Und jetzt habe ich eine andere Frage: Was wollen wir mit dem restlichen Abend anfangen?«

Zuerst erhielt ich keine Antwort. Das lag daran, dass man in unserer kleinen Vorstadt nicht viel unternehmen konnte und das Internet in diesem Restaurant nicht besonders schnell war. Nach einigen Minuten schaute Jack von seinem Handy auf.

»Wollen wir in den Movie Palace? Ich weiß, nicht die einfallsreichste Idee, aber gestern kam ein neuer Horrorfilm raus, der gute Kritiken bekam. Er fängt in einer Dreiviertelstunde an.«

Da keiner von uns einen besseren Vorschlag machte und wir alle gerne Horrorfilme sahen, stimmten wir Jacks

Vorschlag zu. Ohne zu zögern, brachten wir die Tabletts weg und begaben uns auf den Weg zum Kino. Der Regenschauer war mittlerweile vorübergezogen und somit waren schon wieder viele Schüler auf der Straße, um ihre Sommerferien zu genießen. Eine Gruppe von Jungs spielte draußen Fußball, einige Meter weiter trafen wir auf ein paar Mädchen, die sich nach ihrem Shopping Trip gegenseitig ihre neuen Errungenschaften zeigten.

Das Kino war ziemlich gut besucht, alle vier Kassen waren besetzt. Wir stellten uns kurz entschlossen an der zweiten Kasse an. Die Kassiererin hatte kurze blonde Haare und trug eine Zahnspange. Weder ihre Körpergröße noch ihre Figur waren hinter der Kasse zu erkennen.

»Was kann ich für euch tun?«, fragte die junge Frau und strahlte uns mit einem ehrlichen Lächeln an. Als wir den Filmtitel nannten, stellten wir erleichtert fest, dass noch acht Plätze frei waren, wir fünf also den Film an diesem Abend sehen konnten.

»Bevor ich euch die Eintrittskarten geben kann, muss ich eure Ausweise sehen. Der Film ist erst ab sechzehn Jahren freigegeben. *Scream out loud* läuft in Kino 2, das ist eine Etage höher«, erklärte uns die Kassiererin und betrachtete unsere Ausweise. Nachdem wir bezahlt hatten, gingen wir zur Treppe. Oben angekommen, mussten wir die Karten vorzeigen, bevor wir durchgelassen wurden. Als Jack den Saal betreten wollte, hielt ich ihn auf.

»Aber Popcorn gehört doch zum Kino dazu!«, beschwerte ich mich, entgeistert darüber, dass er meine liebste Tradition ignorieren wollte. Lachend schüttelte Ted den Kopf und er schien nicht der Einzige zu sein, den meine Aussage amüsierte.

»Wenn dir heute Nacht schlecht wird, brauchst du mich nicht anzurufen. Also ich warte im Kinosaal, denn in meinen Augen gibt es nichts Besseres als Werbung in 3D«, antwortete er und drehte sich um.

»Bis gleich, Engel. Aber nimm nur eine kleine Portion, Horrorfilme eignen sich in der Regel nicht zum Essen«, meinte Jack belustigt und folgte unserem besten Freund.

April und Rachel warteten auf mich, gemeinsam betraten wir den Kinosaal, die Werbung hatten wir glücklicherweise verpasst. Der Film an sich war nichts für schwache Nerven und wirkte erschreckend realistisch, es wurde viel Blut vergossen. Die ganze Zeit kreischte immer irgendwer und ich war durchgehend am Zittern. Zum Glück konnte ich mich in Jacks Arme kuscheln, aber selbst er und Ted waren blass im Gesicht. Mein Popcorn hatte ich nur in den ersten fünf Minuten angerührt, danach nicht mehr. Unglaublich, dass solche Filme schon ab sechzehn Jahren freigegeben werden!

Der Inhalt war einfach, aber spannend. Eine Gruppe junger Mädchen war im Wald campen. Während eines Spaziergangs stolperten sie über eine Leiche. Das Adrenalin stieg in ihnen hoch und anstatt zu flüchten, folgten sie der Blutspur zu einer Hütte im Wald. Dort konnten sie durch das Fenster einen Mann beobachten, der mit blutiger Kleidung und blutiger Axt in seiner Küche saß. Auf einmal schaute der Kerl aus dem Fenster und sah die Mädchen. Ohne zu zögern, nahm er sich die Axt und kam zur Tür heraus. Die Freundinnen flüchteten kreischend und verstreuten sich im Wald. Der Mann, der keine Zeugen für seine brutale Tat gebrauchen konnte, jagte sie nacheinander. Einige Tage später war nur noch eines der

Mädchen am Leben, da sie ein gutes Versteck gefunden hatte. Plötzlich hatte sie das erste Mal seit Tagen Handyempfang und rief die Polizei. Zu ihrem Pech floh der Mörder bei Ankunft der Polizisten. Und so musste sie fortan in Angst leben und in der Gewissheit, dass der Mörder nicht ruhte, bis er alle Zeugen beseitigt hatte.

»Soll ich dich nach Hause bringen, Liz?«, wollte Jack besorgt wissen und musterte mich. Zitternd nickte ich und versuchte mit aller Macht, meinen Körper wieder unter Kontrolle zu bekommen.

»Das wäre lieb, es ist immerhin schon dunkel draußen«, antwortete ich und kuschelte mich schutzsuchend in Jacks Arme.

»Gut, ich bringe Rachel nach Hause, sie wohnt ja in meiner Nähe«, meldete sich Ted zu Wort. »Kommst du allein klar, April, oder sollen wir mit dir nach Hause fahren und von dort aus ein Taxi bestellen?«

»Ach was, ich komme klar. Mit dem Auto bin ich in zehn Minuten zu Hause. Du weißt doch, dass ich Filme nicht ernst nehme. Wir sehen uns in den nächsten Tagen.« Sie umarmte mich herzlich. »Und du, Liz, komm gut nach Hannover und melde dich, sobald du im Hotel eingecheckt hast.« Mit diesen Worten drehte sich April um und begab sich zu ihrem Auto.

Nachdem wir anderen uns ebenfalls verabschiedet hatten, begleitete mein Freund mich nach Hause. Auf dem ganzen Weg schwiegen wir, jeder in eigene Gedanken versunken. Klar, es war nur ein Film, aber die Botschaft war deutlich. Es kann jeden von uns überall erwischen, egal, für wie sicher wir uns halten. Jack sprach es zwar nicht aus, aber der Film hatte seine Sorge um mich verschlimmert. Und auch ich war unsicherer als zuvor. Was, wenn das Flugzeug abstürzen oder ich einem Mörder in die Arme laufen würde? Mit diesem schrecklichen Gedanken verabschiedete ich mich von meinem Freund. Das erste Mal seit zwölf Jahren schlief ich bei Licht ein, tief im Inneren ahnend, dass mich in Deutschland etwas Gefährliches erwartete.

DiE tEstamEntsEröffnung

Am Morgen des 2. August klingelte der Wecker schon um 6 Uhr. Zuerst wollte ich das nervige Ge rät mit voller Wucht an die Wand werfen und mich zurück in das süße Land der Träume begeben, bis sich der neunmalkluge Teil meines Gehirns meldete, um mich daran zu erinnern, dass sich das Nachlassgericht nicht im Geringsten für meine Müdigkeit interessieren würde. Moment mal, Nachlassgericht? Das war heute?

Genervt über meine Planlosigkeit schälte ich mich aus dem warmen Bett und torkelte zum Fenster. Die Sonne lachte mir unverschämt ins Gesicht, als amüsiere sie sich über mich. Die Vögel zwitscherten fröhlich und flogen hin und her. Frustriert, müde und unmotiviert quälte ich mich ins Badezimmer. Die lange Dusche belebte meinen trägen Geist und deutlich fitter zog ich mir eine Bluse und eine dunkelblaue Jeanshose an. Ich föhnte mir die Haare und band sie anschließend zu einem ordentlichen Zopf zusammen. Beim Make-up ging ich sehr dezent vor. Ein wenig Puder, Mascara und ein nudefarbener Lippenstift mussten ausreichen, schließlich sollte man in einem Gerichtssaal nicht zu dick auftragen. Das zumindest hatte Nicole mir bereits am Vorabend ans Herz gelegt, als wir über angemessene Kleidung gesprochen hatten. Zufrieden warf ich einen letzten Blick in den Spiegel und schlenderte in die Küche.

»Guten Morgen, Kleines. Ich hatte schon ein wenig Sorge, dass du verschlafen hast«, begrüßte Nicole mich mit einem Kuss auf die Wange. »Ich habe Frühstück für dich gemacht und frischen Kaffee gekocht. Pass bitte auf, dass du deine Kleidung nicht vollkleckerst.«

»Dir auch einen guten Morgen. Danke für das herrliche Frühstück. Wo ist denn Michael?«, antwortete ich und stocherte in dem Porridge herum, was meiner Tante natürlich sofort auffiel. Besorgt hockte sie sich vor mich hin und strich mir über die Wange.

»Michael bereitet die Abfahrt vor. Aber warum stocherst du denn in deinem Frühstück herum? Geht es dir nicht gut?«, wollte sie wissen und bedachte mich mit ihrem durchdringenden Blick, der von Strenge und Fürsorge zeugte. Dabei zog sie ihre Stirn kraus, als hätte sie eine schwer lösbare Aufgabe vor sich.

Verlegen schaute ich nach oben und knetete meine Hände. »Ich hatte einen schlechten Start in den Tag. Was, wenn das ein schlechtes Zeichen ist? Zudem bin ich nervös wegen der Testamentseröffnung. Und meine Freunde vermisse ich jetzt schon!«, beichtete ich. Lächelnd nahm sich Nicole einen Stuhl und setzte sich vor mir hin.

»Hör mal, Kleines. Ich weiß, dass du eine ungewohnte und aufregende Zeit vor dir hast. Die meisten jungen Leute wären da wohl nervös. Nur wenn du bereit bist, auf dein Herz zu vertrauen, deine eigenen Entscheidungen zu treffen, und offen auf die unvorhersehbare Zukunft zugehst, kann am Ende alles gut werden. Und nun beeil dich, in einer Viertelstunde kommt das Taxi. Unglaublich, wie die Zeit einem davonrennt, wenn man sie am meisten braucht.« Mit diesen Worten verließ Nicole die Küche.

Es war eine gute Entscheidung meines Onkels, das Taxi zwei Stunden vor Abflug zu bestellen. Jede Ampel leuchtete rot und auch am Check-in lief es nicht wie geplant. Im Flugzeug herrschte zunächst ein ziemliches Gedränge, da jeder Passagier nach seinem Platz suchte, dabei waren die meisten höchst ungeduldig, einzig die Kinder schienen die Ruhe zu bewahren. Endlich ließ ich mich entspannt und zufrieden in den bequemen Sitz sin ken, eine Reihe hinter Nicole und Michael. Ohne auf mei nen Nachbarn zu achten, setzte ich mir die Kopfhörer auf und schloss genüsslich die Augen. Als das Flugzeug in die Lüfte abhob, spürte ich, wie sich meine Sorgen verflüchtigten. Was bin ich nur wieder für eine leichtgläubi ges, naives Dummerchen gewesen! Als ob ein schlechter Start in den Tag ein Anzeichen dafür wäre, dass der Neustart in Deutschland nach hinten losging! Wie Nicole gesagt hatte, lag es in meiner eigenen Hand, ob ich in Hannover glücklich oder unglücklich sein würde. Zufrie den sank ich in einen leichten Schlaf. Umso erstaunter war ich, als Michael mich sanft an der Schulter rüttelte.

»Hm, was is'n los?«, murmelte ich verschlafen. Mein Onkel fing an zu lachen.

»Wir sind gleich da, Kleines. Der Captain hat gerade die Landung angekündigt.« Er setzte sich wieder und drehte sich noch mal kurz zu mir um. Verwundert blinzelte ich. Wir setzten schon zur Landung an? War die Zeit so schnell verflogen? Mürrisch packte ich meine Kopfhörer ein und kurz darauf landeten wir.

Hektisch verließen die Passagiere das Flugzeug und drängelten sich wenige Minuten später um das Gepäckband. Das war wieder typisch: Jeder war so ungeduldig, dass er der Erste sein wollte. Wie konnte man nach einem entspannten Flug nur so gestresst sein? Wir dagegen warteten kopfschüttelnd in aller Ruhe auf unser Gepäck. Schließlich folgte ich Nicole und Michael aus dem überfüllten Gebäude nach draußen.

Das Hotel befand sich gegenüber dem Flughafen und trug den Namen *Onyx*. Die Fassade war in Weiß gehalten und glänzte, bodentiefe Fenster ließen das Gebäude noch moderner, offener und freundlicher wirken. Der Haupteingang, der direkt zur Rezeption führte und vierundzwanzig Stunden am Tag geöffnet war, lag an der Straße. Der Hintereingang führte die Gäste in den hoteleigenen Garten, wo sie ihr Essen genießen und sich sonnen konnten. Für Kinder gab es eine eigene Spielwiese. Innen war das Gebäude genauso einladend. Eine in hellen Tönen gehaltene Hotellobby lud zum Entspannen, Arbeiten und Warten ein. Zwei lange Bänke an den Wänden und runde Tische mit passenden Stühlen boten ausreichend Sitzplätze. Es gab zwei Getränkeautomaten, einer bot heiße Getränke ab 1,50 Euro an, der andere spendete kostenloses Trinkwasser in den Varianten *Sprudel* und *Still*. Dankbar, bei der brütenden Augusthitze etwas zu trinken zu bekommen, nahm ich mir einen Plastikbecher, ließ ihn bis zum Rand mit Wasser volllaufen und nahm einen Riesenschluck. Dann gesellte ich mich zu Michael und Nicole an die Rezeption.

Die Dame am Empfang sortierte gerade Zeitungen und als sie uns erblickte, schenkte sie uns ein einladendes Lächeln.

»Herzlich willkommen im *Onyx*. Mein Name ist Frau Strander. Wie kann ich Ihnen behilflich sein?«, begrüßte sie uns freundlich.

»Guten Tag, mein Name ist Nicole Brice und ich habe zwei Zimmer gebucht, ein Doppelzimmer und ein Ein-

zelzimmer. Die Buchung ist bis zum 31. Oktober einge-
tragen«, erklärte Nicole geduldig, da wir bis zum Termin
im Nachlassgericht noch Zeit hatten. Frau Strander gab
unsere Namen im Computer ein und es dauerte nicht lange, bis sie fündig wurde.

»Für Elizabeth Hirsch ist das Zimmer 209 reserviert, für
Frau und Herrn Brice Nummer 220. Beide Räume befinden sich auf der zweiten Etage, 209 im linken Flur, 220
im rechten. Der Frühstückssaal ist noch eine Stunde lang
geöffnet, falls Sie Appetit verspüren sollten. Wenn Sie irgendwelche Fragen haben, sprechen Sie bitte gern jederzeit unser Personal an. Ich wünsche Ihnen einen schönen
Aufenthalt in unserem Hause.« Mit diesen Worten überreichte sie uns die Schlüssel und widmete sich wieder den
Zeitungen.

In der zweiten Etage angekommen, wandte sich mein
Onkel an mich. »Liz, bring doch bitte deine Sachen in
dein Zimmer und komm dann zum Frühstück. Auf dem
Schild da steht, dass der Frühstücksraum unten im Erd-
geschoss liegt. Alles Weitere, unter anderem unsere Ta-
gesplanung, besprechen wir beim Essen.«

Mit einem Lächeln auf den Lippen begab ich mich in
das Hotelzimmer und war sofort von der Einrichtung begeistert. Direkt neben der Tür stand ein großer Kleiderschrank aus Holz. Auf der anderen Seite befand sich das
Badezimmer, ausgestattet mit einer Badewanne, einer
Toilette und einem Waschbecken. Die Fliesen strahlten
cremefarben, die sanitären Anlagen hingegen waren in
Weiß gehalten. Das große Bett war durch einen Wandvor-
sprung halb verdeckt, was mir zusätzliche Privat sphäre
gewährte. Gegenüber dem Bett stand ein ausladender

Schreibtisch, der genügend Platz zum Arbeiten bot und eine Schublade für Schreibzeug bereithielt. Ein Blick aus dem bodentiefen Fenster mit einem orangefarbenen Vorhang verriet mir, dass die Sonne mit voller Kraft auf die leer gefegte Straße schien. Bei diesem Wetter wollte sich keine Menschenseele länger als notwendig auf ungeschützter Straße aufhalten. Mein Handy vibrierte und zeigte mir eine Nachricht von Nicole an.

Was brauchst du denn so lange? Dein Onkel und ich warten auf dich und der Frühstückssaal macht in vierzig Minuten zu!

Erschrocken schaute ich auf die Uhr und stellte fest, dass ich fast zwanzig Minuten damit verbracht hatte, mein neues Reich ausgiebig zu inspizieren. Ohne einen weiteren Gedanken daran zu verschwenden, rannte ich blitzschnell die Treppe hinunter und kam kurz darauf im Frühstückssaal an, der ebenso einladend gestaltet war wie das ganze Hotel. An der rechten Wand stand gleich neben der Tür ein Buffet mit verschiedenen Köstlichkeiten, von selbstgebackenen Brötchen über Müsli, Cornflakes, Haferflocken und Eiern bis hin zu mehreren Sorten Aufstrich und Käse. Es gab unterschiedliche Teesorten, Mineralwasser, selbstgepresste Säfte, Kakao und Kaffee. Den Gästen, die Wert auf ein gesundes Frühstück legten, wurden verschiedene Obst- und Gemüsesorten zur Auswahl angeboten.

Nicole und Michael hatten es sich an einem Vierertisch am Fenster bequem gemacht. Entschuldigend lächelte ich ihnen zu, bevor ich mich zum Buffet begab und einen Teller mit allerlei Leckereien schmückte. Als Getränk wählte ich einen Kakao. Hungrig und zufrieden zugleich setzte ich mich zu meiner Familie an den Tisch.

»Na, wer kommt denn da doch noch, ich dachte schon, dass dich erneut der Schlaf überfallen hat«, neckte mich Michael amüsiert. Schmunzelnd verdrehte ich die Augen.

»Nun, ihr habt ja geplant, beim Frühstück was zu besprechen, nicht ich«, forderte ich meine Tante und meinen Onkel grinsend zum Reden auf.

»Der Tagesablauf hat sich leicht verändert. Wie geplant fahren wir zuerst zur Testamentseröffnung und danach zum Anwesen. Im Haus werden wir uns heute einen umfassenden Überblick verschaffen. Zudem müssen wir die Aufgaben noch heute verteilen und festlegen«, erklärte Michael mir kurz zusammengefasst, worüber er und Nicole sich offenbar in den letzten zwanzig Minuten unterhalten hatten.

»Klingt nach einem guten Plan. Aber vergesst nicht, dass ich mich morgen bei der neuen Schule anmelden möchte. Ich sollte also nicht zu spät ins Hotel zurück, da es sicherlich einen schlechten Eindruck bei der Schulleiterin hinterlässt, wenn ich todmüde erscheine«, erwiderte ich und gab mich genussvoll meinem Essen hin.

Der Taxifahrer, der uns auf dem Parkplatz abholte, war ein beleibter älterer Herr, seine letzten Haare, die sich weiterhin als treu erwiesen, waren weiß wie die Wände in Krankenhäusern. Er wirkte offen und freundlich, als er sich während der Fahrt mit meinem Onkel unterhielt, der mit ihm vereinbarte, uns für ein recht ansehnliches Trinkgeld nach dem Termin zum Haus und am Abend zurück zum Hotel zu fahren. Vor dem Gericht wünschte er mir und meiner Familie viel Erfolg und öffnete uns die Türen. Dankend stiegen wir aus, verabschiedeten uns und begaben uns schnellen

Schrittes zum Gerichtssaal, vor dem bereits ein paar Leute warteten.

»Bekommen wir heute überhaupt den Schlüssel zu Omas Haus? Die konnten doch gar nicht wissen, ob ich das Erbe annehme. Zudem hat man sechs Wochen lang Zeit, das Erbe auszuschlagen«, flüsterte ich leise. Diese Frage brachte Nicole zum Lächeln.

»Denkst du tatsächlich, dass Michael und ich bereit waren, das dem Zufall zu überlassen? Carolin hat uns vorhin den Schlüssel vorbeigebracht.«

Verwundert schaute ich von Nicole zu Michael und wieder zu ihr. Wie konnte das denn sein? Woher hatte Carolin den Schlüssel und warum hatte ich sie nicht gesehen? Mein Fenster führte doch direkt zur Straße!

»Woher hat sie denn den Schlüssel? Und ist das überhaupt erlaubt?«, platzte es neugierig aus mir heraus. Dieses Mal war es Michael, der amüsiert schmunzelte.

»Carolin war seit Jahren die beste Freundin deiner Großmutter. Sie war es auch, die Hayley auf ihrem Sterbeweg begleitet hat. Nachdem wir von Hayleys schwerer Krankheit erfahren haben und wussten, dass der Himmel nicht mehr lange auf sie warten würde, haben wir uns mit Carolin in Verbindung gesetzt und besprochen, dass sie sich so lange um das Anwesen kümmern sollte, bis klar wäre, ob du das Erbe annimmst oder ablehnst. Ja, du hast richtig gehört: Schon seit Längerem stand fest, dass du das Haus erben solltest. Carolin ist mehrmals täglich bei deiner Großmutter gewesen, um sie auf ihrem Sterbe weg nicht allein zu lassen. Nach ihrem Tod hat Carolin den Schlüssel an sich genommen und regelmäßig im Haus gelüftet. Heute hat sie uns den Schlüssel überreicht, um mit der Vergangenheit abschließen zu können. Natürlich ist dem Nachlassgericht diese Tatsache bekannt.«

Bevor ich antworten konnte, bog Herr Helmer, der Notar, um die Ecke, ein großer, sportlich wirkender Mann Anfang vierzig mit kurzen dunkelbraunen Haaren, die von einigen grauen Strähnen durchzogen waren. Wortlos schloss der Jurist den Raum auf und wartete, bis alle Platz genommen hatten, darunter auch ein Jura-Student als Protokollführer. Diesen Moment nutzte der Notar, um die Verlesung des Testaments vorzubereiten. Nachdem sich der Geräuschpegel gesenkt hatte, räusperte sich Herr Helmer und setzte zu einer Rede an.

»Meine sehr geehrten Gäste, ich heiße Sie alle zu diesem traurigen Anlass herzlich willkommen. Ich werde Ihnen heute das Testament von Frau Hayley Hirsch verlesen, in dem ihr letzter Wille unverkennbar und unmissverständlich zur Geltung kommt. Zudem haben Sie alle das Recht, einen Blick in das Originaldokument zu werfen und gegebenenfalls Forderungen zu stellen. Jede und jeder von Ihnen, die oder der von Frau Hirsch im Testament berücksichtigt wurde beziehungsweise der oder dem ein Pflichtteil zusteht, hat sechs Wochen Zeit, das Erbe schriftlich auszuschlagen. Geschieht dies nicht innerhalb der vorgegebenen Frist, gilt das Erbe automatisch als angenommen. Parallel zur heutigen Verlesung wird mein Praktikant ein Protokoll führen, von dem Sie alle eine Kopie per Post innerhalb der nächsten Tage erhalten werden. Diese Kopien beschränken sich jeweils auf die für die betreffende Person relevanten Informationen. Falls Sie dazu keine weiteren Fragen haben, würde ich gerne mit der Verlesung beginnen.«

Während der Notar das gesamte Testament verlas, hörte ich Namen, die mir zuvor noch nie zu Ohren gekommen waren. Zählten diese Personen ebenfalls zu unserer Familie oder handelte es sich dabei um Freunde und Bekannte meiner Großmutter, die etwas Gutes für sie ge tan hatten? Auch Carolins Name wurde verlesen, sie hatte Omas gesamten Schmuck geerbt. Ich wollte ihr ein ehrliches Lächeln schenken, denn niemand hatte dieses Erbe mehr verdient als die Frau, die seit dem Tod meiner Eltern meiner Großmutter tagtäglich zur Seite gestanden hatte und ihr in allen Lebenslagen behilflich gewesen war. Aber Carolin war gar nicht da. Wusste sie schon von ihrem Erbe und hielt ihre Anwesenheit deshalb nicht für notwendig? Ertrug sie es nicht, erneut mit dem Tod ihrer besten Freundin konfrontiert zu werden, oder hatte sie vielleicht einen unaufschiebbaren Termin? Ich nahm mir fest vor, Carolin demnächst zu fragen.

»Meiner lieben Enkelin, Elizabeth Hirsch, geboren am 15. Januar 2001 in Hannover, Deutschland, vererbe ich das Einfamilienhaus in der Hildesheimer Straße. Möge Elizabeth die richtige Entscheidung bezüglich des Hauses treffen und jeden Tag mit einem fröhlichen Lächeln beginnen. Meine Bücher vererbe ich an Marina Oehler ...«

Mit Tränen in den Augen wandte ich mich ab, unfähig, einen klaren Gedanken zu fassen. Meine Großmutter hatte früher immer gesagt, dass ein Tag ohne Lächeln ein verlorener Tag sei. Nur wer in jedem Tag etwas Gutes sehe, kenne die Bedeutung des wahren Glücks. Dieser Spruch hatte mir als Kind geholfen, den Tod meiner Eltern zu verarbeiten. Ihn nun zwölf Jahre später ein letztes Mal zu hören, war im Moment eine unerträgliche Bürde. Da sie wusste, was dieses Zitat mit mir anstellte, legte Nicole mir ihre Hand an die Wange, dennoch konnte sie mich nicht aufhalten.

Noch bevor Marina Oehler wusste, was sie geerbt hatte, stand ich draußen auf dem Flur. Nervös ging ich auf und ab, mit dem einzigen Zweck, den Tränenfluss aufzuhalten und mein Herz zu besänftigen. Erst schien es so, als hätte mein Herz seinen eigenen Willen und kein Interesse daran, sich zu beruhigen. Wenige Minuten später jedoch zeigte es Einsicht und der Puls regulierte sich. Was hatte sich Oma nur dabei gedacht, sich ausgerechnet mit diesem Zitat von mir zu verabschieden? Hatte sie denn nicht ahnen können, dadurch wieder alte Wunden aufzureißen? Oder hatte sie eine bestimmte Absicht damit verfolgt, die ich vor Trauer einfach nicht erkennen konnte? Bevor mein Gehirn in der Lage war, meinem Herzen zu erklären, dass dies wahrscheinlich ein Versuch der Aufmunterung und gleichzeitig eine Erinnerung an die schönen Seiten des Lebens war, verließen die anderen Gäste den Gerichtssaal.

Zielstrebig kamen Nicole und Michael auf mich zu. Ohne mein Verhalten erklären zu müssen, hatten beide mich verstanden und brauchten wie immer keine Worte, um mir das zu verstehen zu geben. Dankbar ließ ich mich in Nicoles Arme fallen. Einige Minuten standen wir schweigend und reglos da, bis Nicole merkte, dass ich mich einigermaßen beruhigt hatte. Kaum löste ich mich von ihr, schritt Michael auf mich zu und legte besorgt seine Hand auf meine Schulter.

»Bist du sicher, dass du heute mit zum Haus fahren möchtest? Dieses Zitat ist nur eine von vielen Erinnerungen an Hayley, die dein Leben in ganz verschiedenen Situationen geprägt haben. Ich weiß, dass in dem Anwesen etliche solcher Erinnerungen auf dich warten. Wenn du vor Trauer in der Nacht kein Auge zubekommst, machst du in deiner neuen Schule morgen einen schlechten ersten Eindruck. Wenn du möchtest, kannst du zurück ins Hotel fahren und ein anderes Mal mitkommen.«

Obwohl ich das Angebot zu schätzen wusste, konnte und wollte ich es nicht annehmen. Dafür gab es zwei Gründe. Zum einen hatte meine Oma mir das Haus bestimmt nicht grundlos vererbt, da war ich mir sicher. In meiner Kindheit sagte sie mir immer, dass nichts so sei, wie es scheint, und dass man über das Offensichtliche hinausschauen müsse, um das Verborgene zu verstehen. Garantiert hatte das etwas zu bedeuten und ich wollte herausfinden, was es war. Der zweite Grund war weniger spektakulär: Nur wenn ich mit zum Haus fuhr, bot sich mir die Chance, meine Trauer hinter mir zu lassen. Entschlossen drehte ich mich zu Michael um und lächelte.

»Das ist ehrlich lieb von euch, aber ich möchte mitkommen, um mich auf meine Art von Oma zu verabschieden. Ich weiß, dass ihr das nicht ganz nachvollziehen könnt, aber nur so bin ich in der Lage, meine Trauer verarbeiten.«

Mit diesen Worten stieg ich ins Taxi ein und bald darauf vor dem mit Efeu überwachsenen Haus aus.

Ein mysteriöser fund

Bestürzt ließ ich meinen Blick über die gesamte Fassade des einst so wunderschönen Anwesens schweifen. Die Steine, aus denen das Haus in den 1980er Jahren errichtet wurde, wiesen eine dicke Schmutzschicht auf und verbargen sich teilweise unter riesigen Strängen Efeu, selbst der Gehweg wurde von Grünzeug durchzogen. Es brauchte keinen Fachmann, um zu erkennen, dass sich seit einiger Zeit niemand darum geschert hatte, außerhalb der Wohnräume für Ordnung zu sorgen. Wenn schon außen so viel Arbeit, Schmutz und Unordnung auf uns warteten, welcher Spaß würde dann erst innen auf uns zukommen? Skeptisch und auf alles gefasst, nahm ich den Haustürschlüssel aus meiner Hosentasche und schloss auf.

Sogleich kam mir ein unangenehmer, stickiger Duft entgegen, der nicht nur ankündigte, dass in diesem Haus seit Längerem nicht mehr gelüftet worden war, sondern auch, dass hier niemand mehr wohnte. Den aufkommenden Kloß im Hals ignorierend, schritt ich den in dunklen Farben gehaltenen Flur entlang, bis ich in der Küche ankam. Ich öffnete das Fenster, bevor ich seufzend meine Tasche abstellte und mich an meine glückliche Kindheit in diesem Haus erinnerte. Wie oft hatte ich auf dem Fußboden gesessen und Bilder gemalt, während die Erwachsenen am Tisch saßen und über irgendetwas lachten! Als ich älter war und zur Schule ging, genoss ich meine Ferien in diesem Haus. Zu der Zeit hatte ich meine kreativen

Tätigkeiten vom Fußboden an den Küchentisch verlegt und an manchen Tagen stundenlang vor dem Fernseher im Wohnzimmer verbracht.

Ohne es verhindern zu können, musste ich daran denken, wie meine Oma an solchen Tagen in ihre Trickkiste gegriffen und einen Weg gefunden hatte, mich an die frische Luft zu bringen. *Mäuschen, was hältst du davon, in die Stadt zu gehen und die Pfandflaschen wegzubringen? Das Pfand kannst du behalten. Warum holst du dir auf dem Weg nicht auch noch ein Eis?* Diese Aufforderung hatte besonders an den Tagen Wirkung gezeigt, an denen ich am liebsten bis 13 Uhr im Bett liegen und den restlichen Tag mit Nichtstun verbringen wollte.

Um den aufkommenden Tränenfluss aufzuhalten, wischte ich mir mit den Ärmeln über meine Augen. Gerade rechtzeitig, denn vom Flur her hörte ich Nicoles Stimme rufen: »Schätzchen, wo bist du? Michael und ich dachten daran, die Besichtigung in der oberen Etage zu beginnen. Wenn du jedoch unten anfangen möchtest, ist das gar kein Problem.«

»Nein, ihr habt recht. Ich bin sofort bei euch«, antwortete ich und schluckte die Vergangenheit hinunter. Ich wusste, dass meine Großmutter im Wohnzimmer, das an die Küche angrenzte, gestorben war, weshalb ich schnellstmöglich der unteren Etage entkommen wollte, was ich bedauerte, da Wohnzimmer und Küche früher meine bevorzugten Aufenthaltsorte waren. An das Wohnzimmer grenzte ein kleiner, aber liebevoll eingerichteter Wintergarten, der auf die Terrasse führte. Von dort bot sich einer der schönsten Ausblicke, die ich je erlebt hatte.

Seufzend wandte ich mich ab und begab mich in die obere Etage. Die Treppe, die nach oben führte, war durchgehend mit Teppich bedeckt, an der Wand hingen verschiedene Bilder und andere dekorative Gegenstände. Jedes Mal fiel mir die Ahnentafel ins Auge, obwohl ich kaum eine der abgebildeten Personen kannte. Direkt links neben dem oberen Treppenabsatz befand sich ein kleines, unauffällig eingerichtetes Badezimmer, in dem sich meine Großmutter immer frisch gemacht hatte. Rechts gegenüber lag ihr Schlafzimmer, in dem sich nun Nicole und Michael aufhielten. Ohne zu zögern gesellte ich mich dazu.

»Du hast ja selber festgestellt, in welchem unerträglichen Zustand sich das Haus befindet«, sagte mein Onkel und weihte mich dann in den Plan ein. »Wie vermutet, wird es mehrere Monate dauern, das ganze Anwesen wiederherzurichten. Nicole und ich können von Glück sprechen, wenn wir es tatsächlich schaffen sollten, im November abzureisen. Damit wir überhaupt eine Chance haben, dieses hochgesteckte Ziel zu erreichen, müssen wir uns die Arbeit sinnvoll aufteilen. Für dich beginnt demnächst die Schule wieder, daher wirst du vergleichsweise wenig Zeit im Haus verbringen können. Deshalb haben deine Tante und ich beschlossen, dass du dich nur um die obere Etage kümmern wirst. Dies schließt den Dachboden, beide Badezimmer, das Schlafzimmer sowie das Gästezimmer und den Flur mit ein. Um die Küche, das Wohnzimmer, den Wintergarten, die Terrasse, den unteren Flur, das Gästebadezimmer, den Keller und den Garten kümmern wir uns. Den Gutachter, der das Haus einschätzen wird, werde ich bestellen. Dennoch wirst du bei der Besichtigung dabei sein müssen. Während du dich morgen in deiner neuen Schule vorstellst, werde ich den Haustürschlüssel nachmachen lassen. So können wir unabhängig voneinander in dem Haus arbeiten, damit wir zügig fertig werden. Hast du dazu noch Fragen?«

Ich nahm mir einen Augenblick Zeit, um alles zu verdauen, bevor mir tatsächlich zwei Unklarheiten einfielen.

»So weit ist eigentlich alles klar. Allerdings werde ich sicherlich auf jede Menge Müll stoßen, vielleicht sogar auf größere Gegenstände. Wo soll ich die denn lagern? Und was soll ich mit den Sachen machen, bei denen ich mir nicht sicher bin, ob sie noch verkauft oder verschenkt werden können? Es wär doch verkehrt, Dinge wegzuschmeißen, die andere noch benutzen können. Das hätte Oma bestimmt nicht gewollt.«

»Das kann tatsächlich vorkommen, so wie wir Hayley kennen«, antwortete meine Tante sichtlich amüsiert und legte mir eine Hand auf die Schulter. »Sie hatte ein Faible dafür, alles zu sammeln, das entweder sie oder jemand anders irgendwann gebrauchen könnte. Auch dein Vater hat viel sinnloses Zeug gesammelt, wahrscheinlich wirst du sogar manches davon auf dem Dachboden wiederfinden. Und jetzt komm, du willst doch morgen keinen schlechten Eindruck bei deiner neuen Schulleiterin hinterlassen.« Mit einem letzten sehnsüchtigen Blick wandte ich mich von dem Obergeschoss ab, holte meine Tasche aus der Küche und folgte meiner Familie an die frische Luft.

Am nächsten Tag war ich früher auf den Beinen als notwendig. Mein Gesprächstermin mit der Schulleiterin, Frau Kramer, war erst auf halb zehn festgelegt, der Wecker jedoch zeigte mir an, dass es 7:30 Uhr war. Ich hatte also noch zwei Stunden Zeit, um mich in meiner neuen Schule, einem bilingualen Gymnasium im Herzen Hannovers, einzufinden. Trotz der frühen Uhrzeit verspürte ich keinerlei Müdigkeit. Im Gegenteil: Irgendetwas in mir, ich konnte nur nicht genau bestimmen, was es war, reagierte auf den heutigen Tag aufgedreht. Es schien, als würde heute ein guter Tag werden.

Verwundert über meine vorzügliche Laune – immerhin würde ich heute die Schule kennenlernen, die mich von meinen Freunden trennte, und im Anschluss anfangen, im Haus meiner Großmutter aufzuräumen – sprang ich unter die Dusche. Anschließend zog ich ein weißes Sommerkleid mit roten Punkten an, wählte dazu rote Schuhe und meine rote Handtasche. Immerhin wollte ich bei meiner neuen Schulleiterin einen guten Eindruck machen. Dies war auch der Grund, weshalb ich auf jegliche Schminke verzichtete und meine Haare zu einem lockeren Zopf zusammenband. Da ich am Nachmittag wohl kaum Aufräumarbeiten in einem Sommerkleid erledigen konnte, packte ich eine bequeme Hose und ein altes T-Shirt ein. Nachdem ich mich vergewissert hatte, dass sich alle für die Schule relevanten Unterlagen in meiner Tasche befanden, schloss ich meine Zimmertür hinter mir ab und begab mich in den Frühstückssaal. Erstaunt stellte ich fest, dass Michael ebenfalls am Buffet stand.

»Guten Morgen, Michael«, begrüßte ich meinen Onkel mit einem Kuss auf die Wange, bevor ich mich ebenfalls am Buffet bediente.

»Guten Morgen, meine Kleine. Bist du schon nervös wegen deiner neuen Schule? Nicole hat mir gestern Abend verraten, wie besorgt du vor dem Flug gewesen bist. Haben sich deine Sorgen mittlerweile gelegt?«, wollte er wissen, während er einen Zweiertisch am Fenster ansteuerte. Schulterzuckend folgte ich ihm und dachte darüber nach. War ich noch immer besorgt darüber, wie meine Zukunft hier aussehen und wie ich mich in einer deutschen Schule schlagen würde? Ein wenig schon, immerhin unterschied sich das deutsche Abitur von den englischen A-Levels und ich befürchtete, deshalb das vergangene Schuljahr wiederholen zu müssen. Die Frage, ob ich mich generell in Hannover eingewöhnen und Freunde finden würde, stellte sich mir jedoch nicht mehr. Das erzählte ich meinem Onkel auch, bevor ich ihn fragte, weshalb er so früh auf den Beinen war.

Daraufhin grinste Michael mich an: »Du bist nicht die Einzige, die heute eine lange Liste voller Aufgaben vor sich hat. Ich muss den Haustürschlüssel nachmachen lassen und treffe mich anschließend mit einem deutschen Kunden. Das wird voraussichtlich einige Stunden in Anspruch nehmen. Deshalb werde ich erst morgen im Haus helfen. Deine Tante ist am Vormittag im Haus, danach geht sie einkaufen. Du wirst also wahrscheinlich heute allein in dem Anwesen sein. Wenn du das nicht möchtest, musst du heute noch nicht anfangen. Um 16 Uhr möchten wir Mittag essen, sei bitte pünktlich. Viel Erfolg bei deinem Gespräch!« Mit diesen Worten drückte mir mein Onkel einen Kuss auf die Wange und verließ den Frühstückssaal.

Nach dem Frühstück war es schon zwanzig vor neun und ich begab mich zur Haltestelle. Es war wunderschönes Wetter und trotz der frühen Uhrzeit schon sehr warm draußen. Als ich an der Dragonerstraße ankam, musste ich mich erst mal orientieren. Nachdem ich mein Handy zu Hilfe genommen hatte, wusste ich, dass die *Bilinguale Kleist Schule*, auch BKS genannt, nur zehn Minuten von meinem Standort entfernt war. Als das Handy mir anzeigte, dass ich mein Ziel erreicht hatte, schaute ich nach oben.

Es war unverkennbar, dass es sich bei den drei riesigen Backsteingebäuden hinter einem offenen Tor um das Gymnasium handelte. Große Blechschilder mit der Aufschrift *Willkommen an der BKS Hannover* waren sowohl an dem Tor als auch an jedem einzelnen Gebäude angebracht. Ich überquerte den angenehm gestalteten Hof mit einer Reihe von Sitzgelegenheiten, teilweise um große Tische herum platziert, die zum Entspannen und Arbeiten einluden, es gab sogar ein paar Palmen, die für ein fast mediterranes Flair sorgten.

Lächelnd betrat ich das mittlere Haus, das Hauptgebäude mit moderner Einrichtung, einer einladend wirkenden Cafeteria und vielen Fenstern, durch die die Sommersonne schien. An einer Wand gegenüber der Tür stand ein großes Aquarium, direkt daneben eine lebensgroße Figur von Kleist, die meine gesamte Aufmerksamkeit auf sich zog. Auf dem Sockel war eine Tafel angebracht, auf der Kleists Lebensdaten und eine Zusammenfassung seiner Werke aufgelistet waren. Erstaunt zog ich die Augenbrauen hoch, als ich erfuhr, dass Heinrich von Kleist in Frankfurt an der Oder geboren worden war, jahrelang dort gelebt hatte und sich und seine Verlobte 1811 in Berlin am Wannsee erschossen hatte. Welchen Bezug gab es dann zu Hannover? War der Gründer der Schule etwa ein begeisterter Kleist-Leser gewesen?

Plötzlich stand jemand hinter mir, erschrocken drehte ich mich um und sah eine schlanke, braunhaarige Frau Mitte vierzig. Ihre grünen Augen strahlten.

»Guten Tag, Sie sind bestimmt Elizabeth Hirsch. Ich freue mich, Sie kennenlernen zu dürfen, und heiße Sie herzlich an unserem stolzen Gymnasium willkommen. Mein Name ist Verena Kramer, ich bin die Schulleiterin und unterrichte drei Kurse in der Oberstufe. Folgen Sie mir bitte, in meinem Büro können wir uns sicherlich besser unterhalten«, stellte sich die Lehrerin mir vor, dabei musterte sie mich mit höflichem Lächeln.

»Ich freue mich, dass Sie einen Platz in Ihrer Schule für mich haben«, erwiderte ich auf dem Weg zu ihrem Büro. »Ich habe mein Zeugnis und alle anderen Unterlagen als beglaubigte Kopien dabei. Ist das ausreichend oder brauchen Sie die Originale?«

Sie bot mir einen Stuhl an und setzte sich hinter ihren Schreibtisch. »Kein Problem, eine beglaubigte Kopie ist für heute zufriedenstellend. An Ihrem ersten Schultag jedoch benötige ich das Originalzeugnis, um mich zu vergewissern. Dürfte ich das Zeugnis bitte einmal sehen?«

Einige Augenblicke lang musterte meine neue Schulleiterin mein englisches Zeugnis, während ich mir die Kurslisten für das kommende Schuljahr durchlas. Bevor ich die letzte Liste in Augenschein nehmen konnte, räusperte sich Frau Kramer.

»Die Leistungen, die Sie erbracht haben, sind außergewöhnlich gut, Elizabeth. Deshalb stufe ich Sie direkt in die zwölfte Klasse ein. Sollten Sie alle Kurse und die Prüfungen bestehen, erreichen Sie zum Ende des Jahres

Ihre Allgemeine Hochschulreife. Kommen wir nun zu den Kursen, die Sie belegen können.«

Zwanzig Minuten später verließ ich mit einem interessanten Stundenplan das Gebäude. Meine Leistungskurse hatte ich in Englisch, Geschichte und Biologie belegen können, exakt die Fächer, die ich auch auf meiner englischen Schule gewählt hätte. Schnellen Schrittes begab ich mich zur Haltestelle, um zum Haus zu fahren. Wie erwartet waren weder Michael noch Nicole da, was mir eigentlich sogar besser gefiel, obwohl ich am Vormittag Unbehagen bei der Vorstellung verspürt hatte, allein im Haus zu sein. Aber vielleicht war es genau das, was mein Herz zur Bewältigung der Trauer brauchte – einen Tag nur mit den Erinnerungen, um in Ruhe Abschied nehmen zu können.

Seufzend ignorierte ich die einst so geliebte untere Etage, zog mich um und begab mich zielstrebig nach oben auf den Dachboden. Es war natürlich am besten, von ganz oben mit den Aufräumarbeiten zu beginnen. Außerdem war ich gespannt, weil meine Großmutter ein Faible dafür gehabt hatte, die wertvollsten und interessantesten Gegenstände auf dem Dachboden aufzubewahren. Hustend öffnete ich das Fenster und ließ frische Luft hereinströmen. Der Dachboden bot einen ebenso schönen Ausblick wie die Terrasse, nur zum gegenüberliegenden Park. Mein Vater hatte sich auf dem Dachboden ein kleines Arbeitszimmer eingerichtet. Woran er gearbeitet hatte, wurde mir jedoch nie verraten. Jedenfalls war dies der Grund, weshalb hier oben ein Schreibtisch mit einer geräumigen Schublade, ein Aktenschrank und zwei Regale eng nebeneinanderstanden. Nach dem Tod meiner Eltern wurde aus diesem einst bezaubernden Arbeitszimmer eine Abstellkammer für alles, das nicht mehr gebraucht wurde, jedoch zu schade zum Wegwerfen war. Und nun durfte ich dieses jahrelang angehäufte Chaos beseitigen! Na vielen Dank auch!

Frustriert darüber, dass meine Großmutter eine Vorliebe für die Unordnung gehegt hatte und sich nie von den Habseligkeiten ihres Sohnes trennen konnte, krempelte ich die Ärmel hoch, bereit, mich der schmutzigen Arbeit hinzugeben. Ich drehte die Musik laut auf und besorgte mir drei Müllbeutel. In einen Müllbeutel sollten die Dinge, die nicht mehr zu gebrauchen waren, der zweite war für die gedacht, die noch verkauft oder verschenkt werden konnten, und im dritten wollte ich alles sammeln, das entweder für mich, für Nicole oder für Michael von Interesse sein konnte. Zufrieden mit meinem Ordnungssystem begab ich mich zum Schreibtisch und begann die Schublade auszuräumen.

Es waren fast alles alte Briefe und sinnlose Zeichnungen. Ab und an fand ich auch ein Foto von meinen Eltern und mir, was mich zum Lächeln brachte. Obwohl mein Vater viel Zeit in seine Arbeit investiert hatte, war er immer ein Familienmensch gewesen. Zwar durfte ich nie wissen, womit er sich beschäftigte, dennoch war ich immer in seinem Arbeitszimmer willkommen. Samstags hatte er nie gearbeitet, sondern Zeit mit meiner Mutter, meiner Oma und mir verbracht. Zu jedem Erlebnis wurden Fotos gemacht, die Papa in seiner Schreibtischschublade aufbewahrte. Eines Tages fragte ich ihn, warum er die ganzen Fotos sammelte und aus seiner Arbeit ein Geheimnis machte. Seine Erklärung hatte mich sehr erstaunt. Er meinte, dass die Fotos ihn daran erinnerten, dass er zuliebe der Familie seiner Arbeit nachging und dass er mich eines Tages in die geheimnisvolle Welt einführen würde, von der seine Nachforschungen ein Teil war.

Das war nun fast dreizehn Jahre her und ich hatte die Hoffnung aufgegeben, eines Tages das große Geheimnis zu lüften. Dennoch gab es nicht einen Tag in den vergangenen Jahren, an dem ich nicht daran gedacht hatte. Damals war ich ein kleines Kind, aber das hieß nicht, dass ich leichtgläubig war. In dem Moment, in dem mein Vater die Bedeutung seiner Arbeit betont hatte, wusste ich, dass mehr dahintersteckte als nur Worte. Ich hatte alle Ferien in diesem Haus verbracht und nachts, wenn meine Großmutter schlief, nach verborgenen Hinweisen Ausschau gehalten. Stundenlang hatte ich den Dachboden abgesucht, jedoch bisher stets ohne Erfolg.

Gerade als ich meine Sachen nehmen und gehen wollte, um nicht zu lange dem ungesunden Staub ausgesetzt zu sein, fiel mein Blick auf drei Briefumschläge, die mit einer Büroklammer aneinander befestigt waren. Auf dem obersten Briefumschlag stand in der Handschrift meines Vaters mein Name! Konnte das sein? Hatte ich nach all den Jahren erfolgloser Suche endlich einen Hinweis gefunden, woran mein Vater gearbeitet hatte? Würde ich beim Lesen des Briefes erfahren, welchem Geheimnis er auf der Spur gewesen war? Oder war der Brief nur ein typischer Abschiedsbrief? Mit zitternden Händen und aufgeregt pochendem Herzen öffnete ich den ersten Briefumschlag und saugte neugierig jedes einzelne Wort auf.

Hallo, mein kleiner Engel,

ich hoffe, dass der Brief dir nicht zu früh in die Hände fällt, denn was ich dir zu sagen habe, ist nichts für schwache Nerven. In der Hoffnung, dass du mittlerweile zu einer jungen Frau herangewachsen bist, die mitten im Leben steht und eine gewisse Risikobereitschaft besitzt, möchte ich dich nun in das einführen, mit dem ich mich Tag für Tag beschäftige. Ich weiß, dass deine Mutter und ich längst tot sein werden, wenn du den Brief in deinen Händen hältst, denn der Feind ist uns auf der Spur und es gibt keinen Weg zurück. Wenn du die anderen beiden Briefumschläge öffnest, gibt es auch für dich kein Zurück mehr. Deshalb überlege dir gut, wie viel du wissen möchtest und was du bereit bist, zu riskieren. Sei vorsichtig, wem du vertraust, denn Freund und Feind stehen sich näher, als du denkst.

Wie du ja weißt, stammte die Familie Hirsch ursprünglich aus Deutschland. Wir waren eine angesehene Familie, auf deren Schultern jedoch eine unerträgliche Last lag, eine Last so groß, dass Frederick Hirsch mit Frau und Kindern nach England auswanderte. Er dachte, dass er der Verantwortung entfliehen könne und die Familie nie wieder mit dem Geheimnis vertraut gemacht werden müsse. Dies alles geschah im letzten Jahrhundert. Alles schien vergessen zu sein, aber deine Vergangenheit wird die Familie immer einholen.

Als ich von meinen deutschen Wurzeln erfuhr, sind deine Mutter und ich für zwei Wochen nach Hannover gefahren, um dort Urlaub zu machen. Es kam zu einem Autounfall. Zu dem damaligen Zeitpunkt konnte ich es mir nicht erklären, ich verlor auf einmal die Kontrolle über das Auto und raste in einen anderen Wagen hinein, die Insassen kamen dabei ums Leben. Als wäre dies nicht Strafe genug, musste ich einen Vollmond später den Grund von Frederick Hirschs Flucht erfahren: Auf unserer Blut-

linie liegt ein Werwolfsfluch. Solange du keinen Menschen tötest,
egal ob absichtlich oder ungewollt, wirst du den Fluch nicht aus-
lösen. Es gibt nur ein Wesen, das sterben muss, und das ist unser
Feind. Lösche die böse Linie der Vampire aus und der Fluch hebt
sich auf. Scheitere und alle Werwölfe werden sterben.

Nun, mein kleiner Engel, liegt es an dir. Öffne die anderen
beiden Briefumschläge und riskiere alles oder verbrenne die Be-
weise und vergesse.

In Liebe,

Dein Papa

PS: Weder Nicole noch Michael kennen die Wahrheit, belasse
es bitte dabei. Der Feind lauert überall, sei also vorsichtig, wem
du vertraust.

Verwirrt und schockiert starrte ich auf den Brief. Ich
konnte und wollte nicht glauben, was ich da las! War das
sein Ernst? Konnte es denn wirklich sein, dass meine Familie von Werwölfen abstammte? Existierten Vampire
tatsächlich? Gab es womöglich auch Hexen und Dämonen? Oder hatte sich vielleicht jemand meinem Vater gegenüber einen üblen Scherz erlaubt? Solche Wesen gab es
doch nur in Filmen und Büchern! Aber mein Vater war
sich doch so sicher! Und er war eigentlich die Art von
Mann gewesen, der sich so gut wie nie täuschte.

Je öfter ich mir den Brief durchlas und je länger ich über
die Worte nachdachte, desto aufgeregter wurde ich. Wenn
das, wovon mein Vater da berichtete, der Wahrheit entsprach, musste ich mich auf ein höchst gefährliches Abenteuer einlassen und das beenden, wofür meine Eltern gestorben waren. Nur so konnte ich ihrem Tod eine Bedeutung geben. Die eindringliche Warnung, dass es, sobald
ich die Siegel der anderen beiden Briefumschläge öffnete,

kein Zurück mehr gab, ließ mich in diesem einzigartigen Moment kalt. Endlich hatte sich nach zwölf Jahren bestätigt, was ich die ganze Zeit über vermutet hatte: Der Unfall meiner Eltern war weder Zufall noch Schicksal gewesen, sondern Mord!

Eine Zeit lang hielt ich den Brief mit zitternden Fingern und konnte den Blick nicht vom Papier lösen, bis die Buchstaben vor meinen Augen verschwammen. Schwindel überkam mich und ich schwankte zwischen Unglauben und Entsetzen. Immer wieder sagte ich mir, dass mein Vater sich nicht so leicht täuschen ließ und gewiss nicht exzentrisch oder gar verrückt gewesen war, dass er mich niemals belogen hätte, und das gab schließlich den Ausschlag, dass ich ohne jeden weiteren Zweifel jedes seiner Worte glaubte.

Erst nach einer ganzen Weile beruhigte ich mich allmählich und spürte eine wilde Entschlossenheit in mir erwachen: Ich werde für Gerechtigkeit sorgen und ganz sicher nicht ruhen, bis ich herausgefunden hatte, wer der Mörder war und warum meine Eltern sterben mussten! Danach werde ich mich revanchieren, koste es, was es wolle!

Vorsichtig legte ich den Brief in meine Tasche, bevor ich den zweiten in die Hand nahm. Noch bevor ich den cremefarbenen Umschlag öffnete, wusste ich, dass sich darin ein weiterer Zettel und eine Halskette befanden. Neugierig nahm ich beides heraus.

An einer schlicht gehaltenen Kette hing ein flacher Anhänger mit einem verschnörkelt gestalteten Muster. Kette und Anhänger bestanden aus silbrig schimmerndem Weißgold. Erst nach ein paar Sekunden erkannte ich, dass unter den Verzierungen die Buchstaben B und S versteckt waren. Wer war B. S.? Vielleicht ein Nachfahre von Frederick Hirsch? In der Hoffnung, die Antwort auf dem beiliegenden Zettel zu finden, faltete ich das Stück Papier erwartungsvoll auseinander. Enttäuscht musste ich feststellen, dass es nur eine Zeichnung des Anhängers war, nicht ein einziges Wort stand daneben. Was hatte das zu bedeuten? Welche Rolle spielte die Kette bei der Frage, wie der Feind besiegt werden konnte? Ging etwa alles auf diesen B. S. zurück? Schulterzuckend legte ich die Kette und die Zeichnung zu dem Brief in meiner Tasche, bevor ich mich schließlich dem braunen Umschlag zuwandte.

Ich erwartete nicht, auf nähere Informationen über die Kette zu stoßen. Im Gegenteil, ich war mir sogar ziemlich sicher, dass die Antworten gut versteckt waren, womöglich an einem anderen Ort. Was genau ich erwartete, wusste ich selbst nicht, jedenfalls war es nicht das, was der Umschlag enthielt. Zum Vorschein kam eine Liste mit verschiedenen Runen und anderweitigen undefinierbaren Zeichen. Was sollte das denn jetzt?! Papas Brief war doch schon rätselhaft genug, warum musste er mich denn mit einem weiteren Rätsel verwirren?

Weder wusste ich, wo ich den Fund vor neugierigen Augen verstecken und gleichzeitig in meiner Nähe haben konnte, noch hatte ich einen Plan, wie ich vorgehen sollte. Selbst wenn ich ohne Hilfe die Runen und die anderen Zeichen entziffern konnte, war ich noch lange nicht in der Lage, den Mörder meiner Eltern ohne jegliche Hilfe zu stellen.

Wie es in dem Brief klang, handelte es sich bei dem Feind um einen bösen Vampir. Diese Mutmaßung führte mich sogleich zu weiteren Fragen: Waren alle Vampire böse und wie bekämpft man ein Wesen der Nacht überhaupt? Welche Aussagen aus Filmen und Büchern entsprachen der Wahrheit, welche waren Fiktion? Woher be komme ich die richtigen Waffen? Würde ich den Werwolfsfluch nur auslösen, wenn ich Menschen töte, oder auch, wenn ich Hand an die Untoten lege?

Verzweifelt über all die Fragen ohne jede Aussicht auf schnelle Antworten vergrub ich mein Gesicht in beiden Händen. Wie sollte ich es ohne Hilfe nur jemals schaffen, Ordnung in das Chaos zu bringen? Wo sollte ich anfangen und auf welche Gefahren musste ich mich zukünftig einstellen? All meine Sorgen, die mich vor Kurzem noch beschäftigt hatten, wirkten nun gänzlich unwichtig. Was interessierte es mich da noch, wie mein Schuljahr in Deutschland verlief und welche Laufbahn ich nach meinem Abitur verfolgte? Würde ich meinen Schulabschluss und meinen Studienbeginn überhaupt noch erleben oder vor dem Erreichen meines Ziels genauso gnadenlos ermordet werden wie meine Eltern damals?

Völlig in Gedanken versunken hatte ich nicht bemerkt, wie die Zeit voranschritt. Umso überraschter war ich, als pünktlich um halb vier mein Handywecker klingelte und mich ins Hier und Jetzt zurückholte. Fluchend steckte ich auch den Zettel mit der Runenschrift in meine Tasche und machte mich in dem Badezimmer neben dem Schlafzimmer schnell frisch.

Da es draußen noch immer sehr warm war, zog ich mir wieder mein Kleid über und verstaute Jeans und T-Shirt in meiner Tasche. Ohne einen Blick zurück begab ich mich zur

Bahn, mit dem festen Plan, mich im Anschluss an das Mit-tagessen erneut mit den Funden zu befassen.

Schließlich kannte ich mich gut genug, um zu wissen, dass ich heute Nacht erst ein Auge zubekäme, wenn ich mir einen wohldurchdachten Plan zurechtgelegt und mich von der Realität der vermeintlichen Fiktion voll-kommen überzeugt hatte.

DiE vErstEcktE bibliothEk

Genervt erwarteten mich Nicole und Michael, als ich mit einer Verspätung von einer halben Stunde im Restaurant ankam. Ich brauchte den großen Speisesaal, der im Stil des neunzehnten Jahrhunderts eingerichtet war, nicht lange absuchen. Wie zu erwarten, hatten sich meine Tante und mein Onkel an einen großen Vierertisch direkt am Fenster gesetzt. Mit einem entschuldigenden Lächeln ging ich auf die beiden zu. Nicoles aufeinandergepresste Lippen verrieten mir, dass sie von meinem Verhalten kein bisschen begeistert war. Michael hingegen wirkte amüsiert, seine Augen strahlten verschmitzt, während sich ein leichtes Lächeln auf sein Gesicht schlich.

»Wo bist du denn gewesen?«, riefen beide gleichzeitig, jedoch in unterschiedlichem Tonfall.

»Ich hab wie besprochen mit dem Aufräumen in der obersten Etage, genau genommen auf dem Dachboden, begonnen. Da oben sind einige interessante Erinnerungen zu finden und ich bin ins Träumen geraten. Dadurch habe ich wohl die Zeit aus den Augen verloren. Als mir auffiel, dass ich euch ganz vergessen hatte, habe ich nur noch daran gedacht, mich rasch umzuziehen und die nächste Bahn zu bekommen. Das war auch der Grund, weshalb ich euch weder angerufen noch geschrieben habe«, erklärte ich ihnen, um zumindest halb bei der Wahrheit zu bleiben, während ich mit einem möglichst unschuldigen Blick zwischen den beiden hin- und herschaute.

Einen Moment lang schienen sie zu überlegen, ob sie mir Glauben schenken sollten und ob ich tatsächlich nur auf dem Schlauch gestanden hatte oder ob ich ihnen etwas verheimlichte. Die wenigen Sekunden, in denen ich auf eine Antwort wartete, fühlten sich wie die Hölle an. Mein Herz schlug mir heftig bis zum Hals und drohte mich zu verraten und meine Handflächen waren nass wie eine verregnete Straße. Aber sie zweifelten nicht an meiner Erklärung, wie ich erleichtert feststellte.

»Es freut uns zu hören, dass du deiner Verantwortung nachkommst. In Zukunft stell dir doch bitte einen Wecker, sonst denken wir noch, dass dir was zugestoßen ist. Was sind denn deine Pläne für heute Abend?«, wollte meine Tante versöhnlich von mir wissen.

Natürlich konnte ich ihr die Wahrheit, dass ich in meinem Zimmer nach übernatürlichen Wesen und damit verbundenen Sagen recherchieren wollte, nicht beichten, weshalb mein Gehirn nach einer passablen Notlüge Ausschau hielt, hoffentlich schluckte sie den Köder. »Der Tag heute war ziemlich anstrengend und draußen ist es noch immer ganz schön warm. Ich hab vor, mich zuerst mal ein wenig in meinem kühlen Zimmer auszuruhen. Ob ich heute Abend was unternehme, kann ich noch nicht sagen. Ich habe übrigens einen tollen Stundenplan mit genau den Fächern, die ich sonst auch in England gewählt hätte. Zudem ...«

Kaum hatte ich unsere Heimat erwähnt, wechselten Nicole und Michael einen bedeutungsvollen, besorgten Blick und unterbrachen damit meinen Redefluss. Es dauerte einen Moment, bis ich verstand: Es war das erste Mal, dass ich meinem gewohnten Zuhause offensichtlich nicht nachtrauerte. Die Entdeckung auf dem Dachboden hatte meine gesamte Aufmerksamkeit gefordert und mein bisheriges und nun nicht weiter wichtiges Problem aus meinen Gedanken verdrängt.

»Vermisst du deine Freunde denn gar nicht mehr?«, fragte mich mein Onkel verwundert und sprach aus, was auch Nicole auf der Zunge lag.

»Klar vermiss ich meine Freunde, besonders Jack fehlt mir. Aber ich habe heute Morgen beschlossen, dem Ganzen eine echte Chance zu geben. Tatsache ist nun mal, dass ich sie nicht vor den Weihnachtsferien zu Gesicht bekomme. Ob ich darüber weiterhin traurig bin oder nicht, ändern kann ich es eh nicht mehr. Ich versuche einfach, das Beste aus der Situation zu machen. So hab ich zumindest allerhand zu erzählen, wenn ich wieder in England bin. Aber genug von mir. Wie war denn euer Tag bisher?«, beendete ich meine Antwort mit einer Gegenfrage, in der Hoffnung, eine dritte Lüge vermeiden zu können.

Während unseres Gesprächs kam der Kellner und nahm unsere Bestellungen auf. Erstaunlich und wohl einer der vielen Gründe für die hohe Klassifizierung des Hotels war die schnelle, kompetente und freundliche Bedienung. Schon bald darauf hatte jeder von uns ein exzellentes Mahl vor sich stehen.

Nach dem Essen begab ich mich wie angekündigt in mein Zimmer. Als ich mich vergewissert hatte, dass niemand mir gefolgt war, schloss ich Tür und Vorhang, bevor ich die drei Briefumschläge aus meiner Tasche herausholte und auf dem Schreibtisch ausbreitete. Dann schnappte ich mir meinen Schreibblock und einen Kugelschreiber, bevor ich noch einmal über meinen Fund nachdachte. Ich wollte sicher sein, kein Detail übersehen zu haben, schließlich könnte jede noch so kleine Information über Erfolg oder Scheitern entscheiden. Mir war bewusst, dass die Recherche gut durchdacht sein musste und ich nur glaubwürdige Quellen heranziehen sollte. Damit stand ich auch schon vor meinem ersten Problem: Wie sollte man für etwas, das offiziell nicht existiert, eine ernsthafte und zuverlässige Quelle ausfindig machen? Wie viele Vampire und Werwölfe wären denn schon da zu bereit, über ihre eigene Spezies Texte im Internet zu verfassen und dadurch alles zu riskieren? Und wie viele menschliche Experten gab es wohl, die bereit waren, die Wut aller Werwölfe und Vampire auf sich zu ziehen, in dem sie beide Spezies öffentlich verrieten?

Ratlos angesichts dieses Dilemmas ging ich alle sich mir bietenden Möglichkeiten durch, kam jedoch zum Ergebnis, dass eine Internetrecherche wohl zunächst die beste Informationsquelle sein dürfte. Mit diesem Plan und neu motiviert fuhr ich meinen Laptop hoch, um zu erst mehrere Internetseiten jeweils zu Werwölfen, Dämonen, Vampiren und Hexen zu durchforsten. Mit etwas Glück und meinem Grundlagenwissen über Statistik aus der Schule ließe sich dann womöglich beurteilen, welche dieser Wesen existierten und welche gut und welche böse waren.

Zu Beginn las ich gespannt verschiedene Webseiten durch. Manche anonyme Autoren behaupteten sogar zu wissen, wie welche Spezies getötet werden konnte. Mein anfängliches Interesse schwand jedoch mit jeder Minute mehr, denn jedes Mal, wenn ich dachte, etwas Brauchbares gefunden zu haben, stieß ich kurz darauf auf eine andere Webseite, die das Gegenteil von dem behauptete, was ich zuvor gelesen hatte. Drei Stunden später klappte ich meinen Laptop frustriert wieder zu und rieb mir die müde gewordenen Augen, mein Kopf rauchte, zudem bildete sich ein Kloß in meinem Hals. Wie konnte es sein, dass meine bevorzugte Recherchequelle, die mir in der Schule zu so mancher guten Note verholfen hatte, mich im echten Leben so kläglich im Stich ließ? Mir bleibt keine andere Wahl, als mich an einer anderen und hoffentlich zuverlässigeren Quelle zu orientieren.

Laut den Aussagen meines Vaters, denen ich Glauben schenkte, existierten zumindest Werwölfe und Vampire. In meinen eigenen Adern floss sogar das Blut einer alten Werwolfslinie. Nun stellte sich mir jedoch die Frage, ob alle Werwölfe gut und alle Vampire im Gegenzug böse waren. Das war das Erste, was ich noch am selben Abend herausfinden wollte. Sobald ich diesen Punkt geklärt hatte, würde ich mich mit der Frage befassen, wie sich diese Wesen töten ließen und ob Hexen und Dämonen auf der Seite des Guten oder des Bösen standen.

Entschlossen, mich auf den Weg zur nächstgelegenen Bibliothek zu machen, zog ich mir Jacke und Schuhe an, bevor ich mir meine Tasche schnappte. Laut meinem Handy gab es in der Nähe eine private, wenig bekannte Bibliothek mit Schwerpunkt auf Mythologie, Fantasy und Science-Fiction. Zudem war es die einzige Bibliothek, die von Montag bis Sonntag durchgehend geöffnet war. Mit etwas Glück würde ich hilfreiche Bücher finden, die mir zuverlässige Antworten geben konnten. Zumindest hoffte ich dies von ganzem Herzen, denn mir fiel beim besten Willen keine weitere Möglichkeit ein, um das Rätsel meines Vaters zu lösen. In Gedanken versunken durchquerte ich die Hotelhalle und stieß unvermittelt mit meinem Onkel zusammen.

»Nicht so stürmisch, Kleines!«, rief Michael belustigt und hielt mich an beiden Schultern fest. Wenn er nicht so schnell reagiert hätte, würde mein Hintern nun den Boden küssen. Verlegen und dankbar zugleich schaute ich auf.

»Wo willst du denn noch hin? Ich dachte, du hast einen anstrengenden Tag gehabt und willst deshalb in deinem Zimmer bleiben?«, fragte er neugierig. Verdammter Mist! Konnte er nicht einmal ohne Nachhaken anbeißen? Die ständigen Ausreden, die sich nach meiner Entdeckung am Nachmittag garantiert noch häuften, gingen mir jetzt schon auf die Nerven! Zum Glück musste mein Gehirn nicht lange rattern, bis es eine akzeptable Halbwahrheit ausspuckte.

»Das stimmt, ich hatte einen wirklich anstrengenden Nachmittag. Deshalb hab ich mich vorhin ja hingelegt. Nun will ich mir ein wenig die Beine vertreten. Ich möchte mir eine neue Bibliothek und zwei neue Geschäfte ansehen und danach einen Spaziergang machen. Daher weiß ich noch nicht, wann ich wiederkomme.«

Einen Moment lang dachte mein Onkel über meine Worte nach. Ich wusste, dass es ihm weniger darum ging, dass ich schon lange nicht mehr in dem Stadtteil unterwegs war, als vielmehr um das Risiko, mich in vermeintlicher Trauerstimmung abends allein durch die Stadt bummeln zu lassen. Kaum war ich mir darüber im Klaren, spürte ich das schlechte Gewissen an meinem Herzen anklopfen, aber ich weigerte mich, ihm die Tür zu öffnen. Es war sowohl für Michael als auch für Nicole besser, wenn sie die Wahrheit nicht kannten. Das Blatt hatte sich gewendet. Es war nicht mehr ihre Aufgabe, auf mich aufzupassen, sondern meine Aufgabe, die beiden zu beschützen.

»Ist schon in Ordnung, Michael, wirklich«, beruhigte ich ihn. »Ein bisschen Ablenkung wird mir sicherlich guttun. Zudem fängt nächste Woche die Schule wieder an und ich bin mir ziemlich sicher, in Geschichte hinterherzuhängen. Es ist wahrscheinlich das Beste, mir in der Bibliothek ein Fachbuch auszuleihen. So kann ich meine kleinen Defizite aufarbeiten und gewöhn mich wieder an die Schule. Ich hab dich lieb.« Schnell drückte ich ihm einen Kuss auf die Wange und schritt auf die Tür zu. Leider war ich nicht schnell genug und musste mir noch die Ermahnung anhören, bloß nicht zu spät nach Hause zu kommen. Grinsend begab ich mich auf die Straße und tat so, als hätte ich ihn nicht gehört.

Die Abendluft fühlte sich nach all den Stunden im stickigen Zimmer überaus belebend an, als ich ein paar Mal tief ein- und ausatmete. Der Sauerstoff verwandelte meine Trägheit in Klarheit und Motivation und unwillkürlich beschleunigten sich meine Schritte. Obwohl es schon nach 19 Uhr war, schien die Sonne immer noch durch die Baumkronen, während die Vögel sich gegenseitig etwas zuzwitscherten. Der angenehme Wind strich um meine Beine und sorgte für willkommene Abkühlung.

Nach einer kurzen Busfahrt war es nicht mehr weit bis zur Bibliothek. Ich kam an einer kleinen Seitenstraße heraus und bog links um die Ecke, wo ich drei eindrucks volle Gebäude stehen sah und sofort wusste, dass das mittlere die Bibliothek war.

Von außen machte das Haus eher den Eindruck eines mittelgroßen Buchhandels statt den einer Bibliothek. Es bestand aus zwei Etagen und wirkte aufgrund seiner Fassade aus Backsteinen älter als die beiden Nachbarhäuser.

Welches Geschäft wohl zuvor in dem einladenden Gebäude untergebracht war?

Als ich die Straße überquerte, erkannte ich das kleine Metallschild mit der Aufschrift *Paradies*, laut der Homepage eine Andeutung darauf, wie schön es sei, anhand von guter Literatur im Fantasy- oder Science-Fiction-Bereich in ein kleines Paradies abzudriften. Die Vorliebe für beide Genres war dem Gebäude anzusehen, der Blick auf die mit stilvollen Ornamenten versehene Fassade und durch die spiegelnden Fenster zog jeden bücherliebenden Passanten in einen geradezu magischen Bann. Fasziniert drückte ich die verzierte Türklinke aus schimmerndem Metall nieder und betrat vorsichtig das Innere des kleinen Backsteinhauses.

Eben noch der Meinung, dass es unmöglich besser kommen konnte, verschlug es mir nun erst recht den Atem. An den Wänden standen Regale aus seltsam gemasertem Holz mit verschnörkelten Gravuren, nach unterschiedlichen Genres geordnet wie Fantasy-Lektüre und Science-Fiction-Literatur. Für diesen Besuch jedoch von größtem Interesse war der Bereich Mystery und Spirituelles. Je länger ich den Blick schweifen ließ, desto deutlicher erkannte ich, dass es für jede Kategorie mehrere Unterkategorien und für jede Unterkategorie mindestens ein Regal gab. Eine verschlungene Wendeltreppe führte nach oben in den Lesebereich. Von diesen literarischen Schätzen in den Bann geschlagen, bemerkte ich erst nicht, dass ich beobachtet wurde. Meine sprachlose Bewunderung outete mich zweifellos als Neuling.

»Kann ich Ihnen behilflich sein, junge Frau?«, hörte ich eine ruhige Stimme fragen. Überraschte drehte ich mich um und sah eine ältere Dame. Angesichts meiner Reaktion blitzten ihre dunkelbraunen Augen amüsiert auf. Die kinnlangen Haare hatten jegliche Farbe verloren. Die freundliche Dame war zierlich und nicht größer als ein Meter fünfundfünfzig, wenn überhaupt. Ihr rotes Strickmusterkleid reichte ihr bis zu den Knien. Bewundernswert, dass eine Seniorin um die sechzig in der Lage war, auf schwarzen Pumps mit Absätzen von mindestens fünfzehn Zentimetern zu laufen.

»Verzeihen Sie bitte, aber ich bin neu in der Stadt und meine Leidenschaft für Bücher des Übernatürlichen hat mich zu Ihnen gelockt. Dass eine kleine Bibliothek so gewaltig sein kann, hat mich ein wenig überrascht«, antwortete ich schüchtern mit einem ehrlichen Lächeln, das die Bibliothekarin erwiderte, kaum hatte ich meinen Satz beendet.

»Herzlich willkommen in Hannover, Liebes. Es freut mich, dass Sie Ihren Weg in mein kleines, bescheidenes Paradies gefunden haben. Falls Sie möchten, können wir gemeinsam die Bücher heraussuchen, die in Ihr Interessengebiet fallen. Anschließend kann ich Ihnen gerne den Rest des Hauses zeigen. Wonach suchen Sie denn?« Dankbar dafür, dass ich mich nicht allein auf die Suche nach geeignetem Material machen musste, nahm ich das Angebot an.

»In meinem Geschichtskurs, der nächste Woche beginnt, werden wir uns mit germanischen Runen, Vampiren, Werwölfen, Dämonen und Hexen beschäftigen. Der Kurs hat damit schon zum Ende des letzten Schuljahres begonnen, aber ich war zu der Zeit noch nicht auf der Schule. Nun muss ich das Ganze nacharbeiten, jedoch mit anspruchsvollerer Literatur, aus der möglichst die mythologischen Hintergründe hervorgehen sollen. Haben Sie entsprechende Werke in Ihrem Sortiment?«, beendete ich meine Notlüge mit einer Frage.

Lächelnd winkte mich die Seniorin zu sich und zeigte mir stolz ihr gesamtes Material im Bereich für Mythologisches und Spirituelles. Seltsam, gehörten Bücher über übernatürliche Wesen nicht zum Fantasy-Genre? Auf meine Frage hin erklärte mir die Bibliothekarin, dass Werke, die sich mit historischen Bezügen und folglich mit realen Grundlagen beschäftigten, nichts im fiktionalen Bereich verloren hätten. Wenn sie wüsste, dass es mindestens zwei Arten von vermeintlich fiktionalen Wesen gab, die höchst real waren, würde sie wahrscheinlich umkippen. Natürlich verkniff ich mir meinen Kommentar und betonte stattdessen brav, wie naiv es von mir gewesen sei, historische Grundlagen dem falschen Genre zuzuordnen. Vor dem Regal angekommen, zückte Frau Proser, wie auf dem Namensschild an ihrem Kleid zu lesen war, ein in Leder gebundenes Buch aus dem Regal und reichte es mir mit einem freudigen Leuchten in ihren Augen.

»Dies ist das beste Werk, das Sie im Bereich der germanischen Runen finden können. Es sind alle Runen aufgelistet, die Bedeutungen sind jeweils über mehrere Seiten hinweg ausführlich erklärt, zumal jedes Zeichen mehrere Bedeutungen hat. Außerdem finden Sie weitere Informationen unter anderem zu ihrer Herkunft und dem ursprünglichen Grund ihrer Verwendung. Es gibt weltweit kein Buch, das so ausführlich ist. Normalerweise müssen Sie fünf Werke lesen, um an die gleichen Informationen zu gelangen. Ich vertraue Ihnen das Manuskript gerne an, jedoch nur gegen eine Unterschrift. Die Notizen wurden handschriftlich vorgenommen und es wurde nie eine Kopie angefertigt. Sie verstehen also sicherlich den enormen Wert. Wenn Sie damit arbeiten, legen Sie bitte jegliches Essen und Trinken beiseite. Möchten Sie auch gleich Bücher haben, die sich mit den von Ihnen gesuchten Wesen beschäftigen, oder soll ich Ihnen später passende Werke zusammensuchen?«

Dankbar für die freundliche Hilfestellung überlegte ich einen Moment. Es beeindruckte mich, dass Frau Proser ihren Kunden ein so wertvolles Buch anvertraute. Ich hatte schon mehrere in Leder gebundene, handschrift liche Werke in den Händen gehabt. Ein Wasser- oder Ölfleck auf diesen Seiten konnte mehrere hundert Euro Restaurierungskosten zur Folge haben. Nur ungern würde ich dieses Buch unbeaufsichtigt liegen lassen, um mir weitere Bücher zu holen oder heraussuchen zu lassen.

Lächelnd wandte ich mich meiner Gastgeberin zu und beantwortete ihre Frage: »Vielen Dank, dass Sie mir helfen. Ich würde gerne die anderen Bücher ebenfalls mit nach oben nehmen. Es ist das erste Mal, dass ich Literatur lese, die Fiktion aus historischer Sicht betrachtet. Sicherlich würde es mir schwerfallen, die richtige Lektüre selbst ausfindig zu machen.«

Als ich letztendlich auch die anderen vier Werke auf den Armen trug, bedankte ich mich erneut und begab mich in die obere Etage, wie erwartet ein großer, gemütlicher Lesesaal mit schwarzen Ledersesseln in gebührendem Abstand voneinander, vor jedem Sessel ein Fußhocker für verschiedene Lesepositionen. Für Gäste, die nicht zum Lesevergnügen, sondern zum produktiven Arbeiten hier waren, standen große Tische mit gepolsterten Stühlen an der Fensterfront zur Verfügung, auf jedem Tisch eine Leselampe mit einstellbarem Helligkeitsgrad. Im hinteren Teil des Lesesaals befand sich ein durch eine Glaswand abgetrennter Essbereich, wo allerdings keine Bücher gelesen werden durften. Eine Reihe kleiner Lampen an der hohen Decke spendete genügend Licht für alle Gäste, ohne dabei zu aufdringlich zu wirken oder gar zu blenden. Besonders gut gefielen mir die Bilder an den Wänden, Ölbilder in goldenen Rahmen. Manche davon bildeten berühmte Autoren ab wie Shakespeare, Thomas Mann, Heinrich von Kleist und Berthold Brecht, andere erinnerten die Gäste durch weise Zitate an die große Bedeutung literarischer Arbeit.

Lächelnd wandte ich meinen Blick ab und setzte mich an einen der Tische. Vorsichtig ordnete ich die fünf Werke als Stapel, das größte Buch lag dabei ganz unten, das Buch aus Leder ganz oben. Nachdem ich mich umgeschaut und vergewissert hatte, dass niemand meine Arbeit beobachtete, schlug ich das Runenbuch auf. Der angenehme Duft von altem Pergament stieg mir sofort in die Nase, als wolle das Buch mich zum Lesen drängen. Ich liebte den Geruch von Büchern, insbesondere jedoch von solchen aus Leder und Pergament. Es war ein seltenes Vergnügen, eine Antiquität wie diese in Händen zu halten. Vermutlich war dieses Exemplar schon mehrere Jahrhunderte alt, dementsprechend genoss ich jeden Moment.

Nach nur wenigen Minuten hatte ich es geschafft, alle für mich relevanten Runen und ihre jeweiligen Bedeutungen zu finden und aufzuschreiben. Als weitaus schwieriger dagegen erwies es sich, aus den Notizen einen zusammenhängenden Sinn herauszuarbeiten. Hinzu kam das Problem, dass auf dem Zettel meines Vaters weitere Zeichen vermerkt waren, die eindeutig nicht zu den Runen gehörten und weder germanischer noch keltischer Herkunft waren. Darüber hinaus hatte auch noch jede Rune mehrere Bedeutungen. Woher sollte ich denn wissen, welche in meinem Fall die richtige war? *Ansuz* bedeutete zum Beispiel *Ase, Mund, (höchste) Gottheit, Sprache, Atem* und *Seele*. *Isa* hatte vier Bedeutungen und auch die folgenden Runen waren alles andere als eindeutig. Ich hatte sieben verschiedene Runen und vier nicht zuweisbare Zeichen, die irgendwie in einen sinnvollen Zusammenhang gebracht werden mussten!

Verfluchter Mist! Entmutigt senkte ich meine Stirn auf die Tischplatte und gab mich einem überwältigenden Gefühl von Selbstmitleid hin.

Plötzlich spürte ich, wie sich ein stechender Blick in meinen Rücken bohrte. War ich etwa eingeschlafen? Verwundert schaute ich nach draußen und stellte fest, dass es schon stockdunkel war. Mit einem Blick auf mein Handy erkannte ich, dass es eine halbe Stunde nach Mitternacht war. Es war totenstill im Saal.

Je klarer mir meine Situation wurde, desto stärker schien sich der Blick in meinen Rücken zu bohren. Eine mächtige Adrenalinwoge durchflutete mich. Mein Körper signalisierte mir, dass Gefahr drohte. Panisch und mit wild pochendem Herzen drehte ich mich langsam um, in der Hoffnung, unter Wahrnehmungsstörungen zu leiden.

Im Halbschatten lehnte eine dunkle Gestalt an der Wand und starrte mich an. Kaum hatte sie meinen entsetzten Blick bemerkt, löste sie sich von der Wand und kam auf mich zu. Ich zitterte am ganzen Leib und betete, nur einen Alptraum zu erleben. Panisch schrie ich auf, als die Gestalt auf einmal hinter mir stand und sich eine Hand zuerst auf meine Schulter und dann auf meinen Mund legte.

bEDrohlichE bEgEgnung

Mit klopfendem Herzen drehte ich mich um und ein Gefühl der Verwirrung überkam mich. Wie konnte ein Mann Mitte zwanzig so viel Kraft und Eleganz aufbringen, dass er trotz seines bedrohlichen Auftretens als Gentleman durchgehen konnte? Seine durchtrainierten Bauchmuskeln zeichneten sich unter dem weißen Hemd ab und hätten meine Gedanken in einer weniger angespannten Situation in eine ganz andere Richtung geleitet. Unwillkürlich wanderte mein Blick weiter nach unten, verharrte dabei zwei Sekunden bei seinem bemerkenswerten Intimbereich, bevor er über die dunkelblaue Jeanshose und die schwarz-weißen Adidas-Schuhe streifte. Als ich meinen Blick hob, entblößte der Mann eine Reihe weißer Zähne. Wäre ich nicht kurz davor gewesen, vor Panik in Ohnmacht zu fallen, wäre mir sicherlich die Kinnlade heruntergeklappt. Mit einem arroganten Grinsen zog sich der Unbekannte einen Stuhl heran und setzte sich unmittelbar vor mich. Seine hellblauen, stechenden Augen nahmen meinen verängstigten und verwirrten Blick gefangen.

»Keine Angst, Elizabeth, ich beabsichtige nicht, dir weh zu tun. Ich will nur mit dir reden«, versuchte der Mann mich zu beruhigen.

»Wer sind Sie und woher kennen Sie meinen Namen?«, spie ich in einem abweisenden Tonfall aus und wollte zurückweichen, konnte aber nicht, mein Körper war wie gelähmt vor Angst. Lächelnd beugte sich mein Gegenüber vor und reichte mir die Hand.

»Mein Name ist Martin Jefferson und ich komme ursprünglich aus Amerika, bin jedoch nach Hannover gekommen, um mit dir zu sprechen. Es tut mir leid, wenn
ich dich verängstigt habe. Ich bin ein Bekannter deiner
Eltern und weiß, dass du in der Klemme steckst. Ich bin
hergekommen, um dir bei der Lösung des Rätsels behilflich zu sein, dein Vater und ich hatten bereits damit begonnen. Nachdem er und deine Mutter jedoch ermordet
wurden, bin ich zurück nach Amerika gegangen, damit
niemand Verdacht schöpft«, erklärte sich Mr. Jefferson in
einem versöhnlichen Tonfall. Meine Skepsis ihm gegenüber hielt jedoch weiter an. Woher sollte ich wissen, dass
er wirklich die Person war, für die er sich ausgab? Woher
wusste er, wo ich mich aufhielt, und war er tatsächlich ein
Freund meines Vaters gewesen?

»Können Sie mir beweisen, dass ich Ihnen vertrauen
kann? Woher weiß ich, dass Sie tatsächlich ein Bekannter oder Freund meines Vaters gewesen sind? Das Ganze
ist zwölf Jahre her, da sind Sie doch noch ein Teenager
gewesen«, rief ich skeptisch, während meine Augen herausfordernd leuchteten. Unwillkürlich verschränkte ich
meine Arme vor der Brust, als könnte ich mich dadurch
vor einem Angriff schützen.

»Ich weiß, dass meine Erklärung im ersten Moment un-
glaubwürdig klingt, aber es ist die Wahrheit«, erwiderte
er. »Ich war elf Jahre alt und saß über einem Buch in der
Stadtbibliothek in Hannover, in der Hoffnung, dass die
langweilige Dienstreise meines Vaters bald zu Ende ging.
Meine Mutter war zwei Wochen zuvor, als sie mit ihrer
Schwester in den Wäldern wandern war, von einem Raub-
tier angegriffen und getötet worden. Der Reiseführer, ein

Mann mittleren Alters, war der Einzige, der mysteriöserweise überlebt hatte. Mein Vater ließ sich vom Polizeibericht beschwichtigen, ich jedoch war der Meinung, dass etwas nicht mit rechten Dingen zuging. Also recherchierte ich im Internet nach einer möglichen Erklärung. Ich vermutete, dass der Reiseführer ein Werwolf gewesen sein musste, und kam für nähere Recherchen in die Bibliothek. Unsicher, ob ein solches Fabelwesen tatsächlich existieren konnte, fragte ich deinen Vater um Rat, der eine halbe Stunde zuvor einen Geschichtsvortrag gehalten hatte. Connor hatte Mitleid mit mir und führte mich in die geheime Welt der Vampire und Werwölfe ein. Er sagte mir, dass ich mich an dich wenden soll, sobald du die drei Umschläge geöffnet und mit der Recherche begonnen hast. Hast du schon herausgefunden, wofür das B. S. steht, das in dem Kettenanhänger versteckt ist? Ich versuche seit Jahren, diesen Buchstaben einen Sinn zu geben, bin bisher jedoch kläglich gescheitert.«

Entgeistert starrte ich ihn an, während mein träges Gehirn langsam wach wurde. Er schien tatsächlich die Wahrheit zu sagen, denn niemand sonst wusste von der Kette und den Briefumschlägen. Zudem war dem jungen Mann bekannt, dass mein Vater Geschichtsprofessor gewesen war und regelmäßig Vorträge in Bibliotheken gehalten hatte. Je länger ich darüber nachdachte, desto sinnvoller erschien mir die Geschichte. Unbeabsichtigt hatte er zudem eine Frage beantwortet, der ich seit Stunden keinerlei Beachtung mehr geschenkt hatte: Nicht alle Werwölfe waren gut! Sollte ich Martin Jefferson wirklich vertrauen? Einem Mann, den ich nicht kannte? Natürlich war es ein Risiko, den Rat meines Vaters zu missachten, aber allein würde ich es niemals schaffen. Entgegen meinem Instinkt reichte ich dem Amerikaner die Hand und signalisierte ihm so meine Bereitschaft für eine Zusammenarbeit.

»Hören Sie, Mister Jefferson. Sie scheinen die einzige Person zu sein, die sich ebenfalls mit der Forschung beschäftigt. Ehrlich gesagt bin ich allein nicht in der Lage, der Wahrheit auf die Spur zu kommen. Mein Vater hat Ihnen scheinbar vertraut, also werde ich es auch tun. Wären Sie bereit, mit mir zusammenzuarbeiten?«, wollte ich vorsichtig wissen, während mein Herzschlag sich be ruhigte und meine Gedanken klarer wurden.

Zufrieden lächelte der Amerikaner mich an und reichte mir die Hand. »Ich arbeite gerne mit dir zusammen, Elizabeth. Du kannst mich Martin nennen, immerhin sind wir nun auf derselben Ebene. Und nun erzähl mir mal, was du bisher erreicht hast.«

Als ich Martin erklärte, dass ich zuerst der Frage nachging, ob es neben Vampiren und Werwölfen auch Hexen und Dämonen gäbe, brach er in Gelächter aus. Verwirrt und ein wenig beleidigt verschränkte ich die Arme, während meine Augen ihn herausfordernd anfunkelten. Grinsend erwiderte er: »Dämonen gibt es nicht, meine Liebe, Hexen hingegen schon.«

»Wie kannst du dir da so sicher sein?«, murmelte ich skeptisch, konnte ein Gefühl der Verlegenheit jedoch nicht unterdrücken. War ich da etwa zu naiv gewesen? Plötzlich wirkte Martin nervös und ein wenig ungehalten, als ärgerte er sich über den bisherigen Verlauf unserer Unterredung. Sollte ich meine Entscheidung, ihm zu vertrauen, bereits wieder bereuen?

»Was ist los, Martin?« Seufzend sah er mich an, bevor er mir eine Antwort gab, die mir das Blut in den Adern gefrieren ließ.

»Hör mal, Liz, ich bin vorhin nicht ganz ehrlich zu dir gewesen. Meine Geschichte, wie ich deinen Vater kennengelernt habe, war gelogen. Ich wollte dir nur zeigen, dass ich von dem in Runen verfassten Rätsel und der Halskette weiß, denn sonst hättest du mir nicht vertraut. Als ich deinem Vater begegnet bin, war ich schon erwachsen und Student der Leibniz Universität. Um ehrlich zu sein, hatte ich einen Geschichtskurs bei deinem Vater belegt, um eine Vertrauensebene zu ihm aufzubauen. Mein Plan ging auf und ehe ich mich versah, hatte ich das Vertrauen deines Vaters gewonnen. Connor hat mir alles anvertraut, was er herausgefunden hatte, und dabei nicht einmal bemerkt, dass er einem Vampir Vertrauen schenkte.« Zur Untermalung seines verwerflichen Geständnisses bleckte Martin erneut seine Zähne, doch dieses Mal strahlten mir spitze Fangzähne entgegen.

Erneut überkam mich blanke Panik. Wie konnte ich nur so naiv sein und einem Fremden vertrauen? Und dann auch noch dem geschworenen Feind meiner Blutlinie? Entsetzt über meine Naivität und seine Dreistigkeit wich ich wieder zurück. Amüsiert stand Martin auf und drängte mich an die Wand, um mir jeden Fluchtweg abzuschneiden. Mein Herz hämmerte wie verrückt, während meine Hände in Angstschweiß badeten.

»Du kannst nicht vor mir fliehen, Liz, also hör mir gut zu. Ob du es glaubst oder nicht, dein Tod ist nicht mein Ziel. Ich werde das Rätsel so oder so lösen, mit oder ohne deine Hilfe. Du hingegen wirst ohne Hilfe verlieren. Sei nicht dumm. Ich erwarte deine Entscheidung am Sonntag um 18 Uhr. Komm zur Birkenstraße, mein Haus ist unverkennbar. Außerdem steht mein Name am Klingelschild, du kannst es also nicht verfehlen. Wenn du nicht kommst, schleiche ich mich in dein Hotelzimmer und nehme die Kette an mich. Zu keinem ein Wort.« Mit diesem Ultimatum ließ Martin Jefferson mich stehen und war genauso schnell verschwunden, wie er zuvor aufgetaucht war.

Zitternd sank ich zu Boden und versuchte, das Geschehene zu erfassen. Hatte ich tatsächlich einem Vampir vertraut, der mich nun bedrohte? Wie konnte ich so leichtgläubig sein und einem Fremden glauben, nur weil er zuvorkommend wirkte? Das erste Mal seit dem Tod meiner Eltern war ich dankbar, dass mein Vater nicht mehr erlebte, was ich tat. Er wäre sicherlich enttäuscht von mir. Aber welche andere Wahl hätte ich denn, als wohl oder übel das Haus von Martin Jefferson zu betreten? Soweit ich wusste, war er in der Lage gewesen, mein bisheriges Leben lückenlos zu verfolgen und mich in der Bibliothek ausfindig zu machen. Demzufolge dürfte er auch wissen, dass ich mit Nicole und Michael nach Deutschland gekommen war. Sollte ich es wagen, mich der Aufforderung zu widersetzen, würde er garantiert eine Horde von Vampiren in das Hotelzimmer meiner letzten lebenden Verwandten schicken oder sie eigenhändig töten. Das durfte ich auf keinen Fall zulassen! Ob ich es wollte oder nicht, ich musste mich auf eine Zusammenarbeit mit ihm einlassen. Allerdings gab ich mich nicht so einfach geschlagen! Wenn der Blutsauger meine Materialien sehen wollte, musste er mir versprechen, Nicole und Michael am Leben zu lassen! Entschlossen, mich der gefährlichsten Kreatur zu stellen, der ich jemals über den Weg gelaufen war, packte ich meine Sachen zusammen und begab mich zum Ausgang, blieb jedoch stehen, als ich den plätschernden Regen hörte.

Bei dem Wetter zur nächstgelegenen Bushaltestelle zu laufen, passte mir nach dem eben Erlebten so gar nicht in den Kram. Ich musste wohl oder übel meinen Onkel anrufen und ihn bitten, mich mit dem Leihwagen abzuholen. Bei dem Gedanken an seine Reaktion, um 1 Uhr nachts einen Anruf zu bekommen, obwohl ich eine Stunde zuvor hätte zu Hause sein sollen, ließ mich zum zweiten Mal innerhalb weniger Minuten schlucken. Dennoch wählte ich seine Nummer und wartete, dass er abhob.

»Wo zur Hölle bist du?«, hörte ich Michaels tiefe Stimme, der zwischen Wut und Sorge hin- und hergerissen schien. »Du solltest vor einer Stunde zurück im Hotel sein!«, fügte er unsinnigerweise hinzu.

»Sorry, ich habe die Uhrzeit vergessen und bin in der Bibliothek eingeschlafen. Ich verspreche, dass das nicht mehr vorkommen wird. Draußen regnet und stürmt es und der Weg zur nächsten Bushaltestelle ist unbeleuchtet. Kannst du mich bitte abholen kommen?«, bat ich in demütigem Ton und verdrängte, dass ich wieder zu einer Notlüge greifen musste.

»Und ob ich dich abholen komme! Ich bin ehrlich gesagt etwas enttäuscht von dir, aber das besprechen wir nach dem Frühstück. Schreib mir die Adresse und ich mach mich auf den Weg. Bleib im Gebäude, am besten in der Nähe der Tür. Bis gleich!« Mit diesen Worten unterbrach Michael die Verbindung.

Sofort überkam mich eine Welle unangenehmer Gefühle. Seit Jahren war mein Onkel nicht von mir enttäuscht gewesen und nun hatte ich sein Vertrauen missbraucht. Wie oft hatte er zu meiner Tante gesagt, ich zähle zu den verantwortungsbewusstesten Teenagern, die er kannte? Und nun würde es mir schwerfallen, ihm in die Augen zu schauen. Die Tatsache, dass ich nie wieder hundertprozentig ehrlich sein konnte, ließ die Sache kein bisschen besser aussehen. Zerstreut und niedergeschlagen angesichts der Fehler, die ich in den letzten Stunden begangen hatte, konzentrierte ich mich auf das Muster des Teppichs vor mir, um meine Schuldgefühle zu verdrängen. Es kam mir wie eine Ewigkeit seit meiner Entdeckung gestern Nachmittag vor. Je mehr ich in die Sache hineingeriet, desto besser konnte ich die damalige Situation meines Vaters nachvollziehen. Wie schlecht musste es ihm ergangen sein, nicht einmal Frau und Tochter die Wahrheit sagen zu können, wenn ich mich schon gegenüber Tante und Onkel so unbehaglich fühlte?

»Michael!«, rief ich, als er durch die Tür kam und ich von meinem Platz aufsprang. »Es tut mir so furchtbar leid, dich enttäuscht zu haben!«

Seufzend schüttelte er den Kopf. »Hör mal, Liz, ich habe am Telefon überreagiert. Du bist in einem halben Jahr volljährig und musst deine Grenzen austesten. Nicole und ich vergessen diese Tatsache gerne das eine oder andere Mal. Nächstes Mal, wenn du später nach Hause kommen möchtest, ruf uns bitte an. Und jetzt komm. Nicole wartet schon.«

Dankbar dafür, dass er mir schneller verziehen hatte als erwartet, folgte ich ihm zum Auto. Im Rückspiegel konnte ich seine dunklen Augenringe sehen. Erneut stieg Schamgefühl in mir hoch. Mit zusammengepressten Lippen wandte ich reuevoll den Blick ab und blieb während der kurzen Autofahrt still. Kaum in meinem Zimmer, spürte ich, wie mich eine mächtige Müdigkeit überkam und alle quälenden Gefühle gnädig zudeckte. Gähnend kroch ich ins Bett, wo ich fast augenblicklich einschlief.

Erst gegen Mittag wachte ich auf und machte mich frisch, bevor ich zum Mittagessen schlurfte. Zu meinem Erstaunen war Nicole kein bisschen sauer auf mich, im Gegenteil, sie grinste. Auf meine Verwunderung hin erklärte meine Tante, dass sie und Michael eine Unterhaltung gehabt hätten, die ihr angeblich die Augen geöffnet habe. Sie müsse einsehen, dass ich fast erwachsen sei und meine eigenen Wege gehen wolle. Dankbar schenkte ich ihr ein ehrliches Lächeln, das sie erwiderte. Wir verbrachten den gesamten Nachmittag und Abend zusammen und spielten Monopoly und andere Brettspiele, abends kuschelten wir uns vor dem Fernseher zu dritt ins Bett. Dieses Vergnügen war eine nette und willkommene Abwechslung.

Leider musste ich deshalb allerdings meinen geliebten Sonntagnachmittag, den ich am liebsten mit einer Fahrradtour verbracht hätte, dafür opfern, mich auf das Treffen mit dem Blutsauger am Abend vorzubereiten. Zwar war ich noch nie in der Situation gewesen, mich gegenüber einem mächtigen und obendrein gefährlichen Wesen behaupten zu müssen, aber immerhin kannte ich vie les aus Filmen und Büchern, auch wenn mir schon klar war, dass das mit Vorsicht zu genießen war. Wollte ich auch nur den leisesten Hauch einer Chance haben, musste ich dafür sorgen, dass nur mit möglichst wenigen Überraschungen zu rechnen war. Es galt also, überzeugend zu wirken und Selbstsicherheit vorzutäuschen. Nur dann wäre ich vielleicht in der Lage, um die Leben von Michael und Nicole zu verhandeln. Welcher Vampir würde mich denn ernst nehmen, stünde ich zitternd und stotternd vor ihm?

Da fiel mir ein, dass es in der Nähe des Hotels einen Voodooshop gab, der angeblich alle möglichen Waffen gegen Vampire im Angebot hatte. Die Vorstellung, mich im Notfall gegen Martin Jefferson wehren zu können, machte mir Mut. In schwarzen Hotpants und grünem T-Shirt machte ich mich auf den Weg.

Auf dem Flur traf ich auf meine Tante. »Wo willst du denn hin?«, fragte sie mich lächelnd und wirkte ernsthaft interessiert. War dies ihre neue Masche, um mich zum Reden zu bringen?

»Ach, ich hab nichts Besonderes vor. Eigentlich wollte ich nur durch die Straßen bummeln und mir die neuen Geschäfte angucken. Wenn du möchtest, kannst du gerne mitkommen«, gaukelte ich Nicole eine weitere Lüge vor.

»Nein, danke, dazu ist es mir zu warm. Übrigens haben wir beschlossen, dich nicht weiter zu kontrollieren, also schreibe ich dir keine Uhrzeit vor, zu der du wieder hier sein sollst. Bedenke aber, dass wir Sonntagnachmittag haben und die Geschäfte alle geschlossen sind. Viel Spaß bei deinem Spaziergang.«

Obwohl sie mir einen Kuss auf die Wange drückte und dabei einen roten Abdruck ihres Lippenstiftes hinterließ, spürte ich eine gewisse Skepsis von ihr ausgehen. Zwar war ihr Gesichtsausdruck so undurchschaubar wie immer, aber ihr Tonfall kam mir seltsam vor.

»McDonalds und andere Schnellrestaurants haben nicht geschlossen«, erwiderte ich provokant und verließ das Hotel, ohne mir etwas anmerken zu lassen.

Draußen war es heiß, die schwüle Luft drückte auf die Lungen, zum Glück wehte eine leichte Brise, was die Hitze etwas erträglicher machte. Am Himmel drehten die Vögel ihre Kreise, hier und dort hörte man das Bellen verspielter Hunde, die Parks waren voller lachender Kin der. Gute Laune ließ meine Augen strahlen und verleitete meine Lippen zum Pfeifen. Noch ehe ich mein Lieblingslied *Jetzt ist Sommer* beendet hatte, blieb ich vor einem kleinen, unauffälligen Laden stehen. Wäre ich unaufmerksam gewesen, hätte ich den Laden für Übernatürliches glatt übersehen. Sicherheitshalber überprüfte ich die Adresse, bevor ich den ehemaligen Straßenkiosk betrat.

Die Inneneinrichtung hielt das Versprechen auf der Homepage des Ladens. Die zwanzig Quadratmeter beherbergten mehr Gegenstände, als ich erfassen konnte. Viele davon waren mir, auch bei genauerem Hinsehen, nicht einmal bekannt. Nicht nur das Gebäude war unscheinbar, sondern auch die Ausstattung. Ahnungslose Menschen hielten das Geschäft vermutlich für eine Spiel warenhandlung. So konnten die Besitzer sicher sein, nur ernsthafte Kundschaft zu empfangen, ohne sich für die Ausrichtung ihres Unternehmens rechtfertigen zu müssen.

Bevor ich die Dinge näher in Augenschein nehmen konnte, stand eine junge Verkäuferin vor mir. Ihre schwarzen Locken fielen ihr über die Schultern, ihre dunkelblauen Augen musterten mich skeptisch. »Kann ich dir behilflich sein?«, fragte sie mich mit melodischer Stimme.

»Allerdings. Ich habe ein Problem mit einem Vampir und möchte mich sicherheitshalber schützen, bevor ich mich unfreiwillig mit ihm treffe«, erklärte ich der Verkäuferin wie selbstverständlich und so beiläufig wie nur irgendwie möglich.

»Du willst dich mit einem Vampir treffen? Du solltest wissen, Mädchen, dass das ein gefährliches Unterfangen ist. Aber immerhin bist du clever genug, dich auszustatten. Auf jeden Fall solltest du eines unserer Kreuze nehmen. Wir haben, extra für die Frauen, Halsketten mit Kreuzen, die in Weihwasser getaucht wurden. Damit verhinderst du, dass er dich anfassen kann. Zudem empfehle ich dir, einen Holzpflock mitzunehmen.«

»Danke für Ihre Hilfe. Sollte ich sonst noch auf etwas achten?«, hakte ich nach, wobei ich mich zu einem freundlichen Tonfall zwang. Diese Verkäuferin war zwar ziemlich herablassend, aber immerhin schien sie zu wissen, wie ich mich schützen konnte.

»Das sollte reichen. Außerdem glaube ich nicht, dass du dir weitere Ausrüstung leisten kannst. Die beiden Gegenstände liegen zusammen bei 120 Euro«, erwiderte sie mit spöttischem Grinsen und begab sich auffordernd zur Kasse, wo ich genervt bezahlte.

Ich machte mich auf den Weg zu Martin Jeffersons Haus. Zitternd und mit laut klopfendem Herzen betätigte ich die Klingel und wartete.

Vom Mythos zur WahrhEit

Nach ein paar Sekunden Stille, die mir in meiner Ungeduld wie eine Ewigkeit vorkamen, wurde die schwere Tür aus Eichenholz geöffnet. Eine junge Frau mit hellblau gefärbten Haaren musterte mich skeptisch mit ihren tiefgründigen dunkelblauen Augen, wobei sie ihre perfekt getrimmten Augenbrauen anhob. Das schwarz-weiße T-Shirt in Kombination mit der schwarzen Röhrenjeans schmeichelte ihrem blassen Teint. Obwohl die Frau mich einschüchterte, kam ich nicht umhin, sie zu bewundern. Noch nie – weder in Hannover noch in Cambridge – ist mir eine Frau mit solcher Ausstrahlung über den Weg gelaufen. Sie irritierte mich, dennoch wagte ich es nicht, zurückzuweichen.

Der Mann neben ihr, den ich auf Anfang dreißig schätzte, machte einen ähnlich beunruhigenden Eindruck auf mich, jedoch mit weniger Eleganz. Seine blonden Haare reichten ihm in zerzausten Wellen bis über die Schultern, offenbar hatte er soeben seinen Zopf gelöst, denn an sein blasses Handgelenk schmiegte sich ein Zopfgummi. Unwillkürlich ließ ich meinen verängstigten Blick über seine muskulösen Arme schweifen, bevor ich das Sixpack sah, das sich dezent unter seinem weißen T-Shirt abzeichnete. Seine sturmgrauen Augen blickten mich amüsiert an, während er seine Lippen zu einem Grinsen verzog. Nervös trat ich von einem Fuß auf den anderen, ich kriegte den Mund nicht auf und wartete eingeschüchtert ab, was als Nächstes geschehen würde.

Zu meiner Erleichterung lächelte mich die junge Frau an und streckte mir ihre zarte Hand entgegen.

»Du musst Liz sein. Mein Name ist Mara und der Typ neben mir nennt sich Henry. Wir sind gute Freunde von Martin und, wie du sicherlich schon vermutet hast, ebenfalls Vampire. Wir waren bis eben zu Besuch und wollten gerade verschwinden, da Martin es nicht mag, bei wichtigen Terminen gestört zu werden. Warum kommst du nicht einfach rein und machst es dir im Wohnzimmer gemütlich?«, begrüßte mich Mara höflich und deutete mit der Hand ins Haus. Seufzend kam ich ihrer Aufforderung nach, schließlich hatte ich nun keine andere Wahl mehr.

»Wie viele Vampire gibt es denn?«, platzte es aus mir heraus. Statt genervt die Augen zu verdrehen, schien Mara eher belustigt über meine Frage.

»Süße, keiner kennt die genaue Anzahl der existierenden Vampire. Und selbst wenn wir sie kennen würden, glaubst du doch wohl nicht ernsthaft, dass wir sie dir verrieten?«, bemerkte Mara augenzwinkernd, während ihre glockenhelle Stimme von den Wänden widerhallte. Dennoch entging mir der spitze Unterton nicht, der mir deutlich zu verstehen gab, keine weiteren Nachfragen dieser Art zu dulden.

»Klar, kann ich verstehen, Schutz vor Feinden und so. Ich wollte auch gar nicht persönlich werden, ehrlich. Wo geht es denn zum Wohnzimmer?«, gab ich mich demütig und lenkte das Gespräch schnell in eine andere Richtung. Mir war schon Freitag klar geworden, keine echte Chance gegenüber Vampiren zu haben. Offensichtlich war Martin auch keineswegs allein. Es wäre unklug von mir, mich unbeliebt zu machen.

»Ach, kein Grund, sich zu entschuldigen. Geh einfach durch die erste Tür auf der rechten Seite. Martin wird sich gleich zu dir gesellen. Wir sehen uns sicherlich bald wieder und können dann ein bisschen quatschen. Bye!«, erwiderte die Vampirin, bevor sie und ihr Begleiter verschwanden. Schulterzuckend drehte ich mich zur ersten Tür um, erleichtert, den dunklen Gang, der mich an eine Gruft erinnerte, hinter mir lassen zu können. Ich wollte mir vor Mara und Henry nichts anmerken lassen, aber in dem von Fackeln spärlich beleuchteten Flur fühlte ich mich beklommen.

Als ich das sogenannte Wohnzimmer betrat, blieb mir glatt die Luft weg. Statt wie erwartet eine unbeleuchtete Kammer zu betreten, landete ich in einem riesigen Saal. Wer träumte nicht davon, seine Abende in einem luxuriösen Saal aus dem neunzehnten Jahrhundert zu genießen? Noch weniger hätte ich erwartet, dass der Vampir, der mich am Freitag in der Bibliothek bedroht hatte, ein Meister der Dekoration war. Martin hatte hier eine gemütliche Atmosphäre in Kombination von Elementen aus dem neunzehnten und dem zwanzigsten Jahrhundert geschaffen. An den Wänden prunkte eine orientalische Tapete aus Braun und Gold, vor einer Wand stand ein Bücherregal aus Eibenholz.

Schon seit je her liebte ich alte Bücher, daher nahm ich umgehend die Schätze im Regal in Augenschein. Alle Werke von Shakespeare, Kant und Aristoteles waren in Echtleder gebunden und in verschiedenen Sprachen verfasst. Hinzu kamen gesammelte Schriften von Meister Eckhart, Platon, Newton und anderen, die zu Lebzeiten Glanzleistungen erbracht hatten. Mit leuchtenden Augen ging ich in die Hocke, um die Werke der unteren Reihen zu bewundern. Schmunzelnd stellte ich fest, dass selbst Vampire vor Unterhaltungsliteratur nicht gefeit sind. Die Bücher von Dan Brown reihten sich aneinander, daneben die von etlichen weiteren namhaften Autoren von Kriminalromanen. Das letzte Buch, das ich im Regal vorfand, war *Dracula* von Bram Stoker. Ich musste mich schwer zurückhalten, nicht in schallendes Gelächter auszubrechen. Wer hätte gedacht, dass meine scheinbar größte Bedrohung sich so offensichtlich der Selbstironie hingab? Wozu las ein Vampir denn wohl einen Vampirroman?

Breit grinsend setzte ich mich auf das Ledersofa und ließ meine Blicke durch den Saal schweifen. Die dunklen Farben von Fußboden und Möbeln bildeten einen auffälligen Kontrast zu der weißen Stuckdecke mit einem vergoldeten Kronleuchter, auf dem Laminatboden stand eine teure Musikanlage. Überrascht von dem Stilbruch begab ich mich zu Martins Schreibtisch. Neben einem Laptop von Apple lag ein in echtes Leder gefasstes Notizbuch, auf dem braunen Lederdeckel eine Schreibfeder, daneben ein Tintenfass. Fasziniert von dem Anblick nahm ich die Schreibfeder in die Hand und öffnete behutsam das Notizbuch. Zu meiner Enttäuschung war die Schrift eine Mischung aus Latein, Französisch und Altgriechisch. Bevor ich meiner Enttäuschung Luft machen konnte, hörte ich eine mir allzu bekannte Stimme.

»Hat dir niemand beigebracht, dass die Notizen anderer dich nichts anzugehen haben?«, begrüßte mich Martin amüsiert und hob seine Augenbrauen.

»Sagt der Mann, der meine Familie und mich mein Leben lang gestalkt hat«, konterte ich nicht weniger herablassend und wunderte mich selbst über mein Selbstbewusstsein.

»Dennoch habe ich deine Privatgegenstände nie berührt. Genau genommen bin ich bei meiner Spionage sogar überaus konventionell vorgegangen. Eine Tugend, die ich bei dir leider nicht erkennen kann«, erwiderte der Vampir herausfordernd, während er selbstsicher auf mich zukam.

Urplötzlich ging mein Temperament mit mir durch. »Hey! Bist du etwa auch noch stolz auf deine widerwärtige Leistung?«, schleuderte ich ihm lauter entgegen als beabsichtigt. Je wütender ich wurde, desto mehr schien es mein Gegenüber zu belustigen. Selbstverliebtes Arschloch!

»Wenn man bedenkt, dass ich nach Jahrhunderten auf der Suche meinem Ziel heute Abend einen bedeutenden Schritt näher komme, muss ich deine Frage zu deinem Leidwesen bejahen. Aber verzichten wir auf einen Streit, den du so oder so nicht gewinnen kannst. Kommen wir lieber zu einem Deal, dem du niemals widerstehen wirst. Kann ich dir etwas zu trinken anbieten?« Ohne meine Antwort abzuwarten, drückte Martin mir ein Glas mit Ginger Ale in die Hand, meinem Lieblingsgetränk.

»Wenden wir uns nun unserem Deal zu. Als Nachfahrin von Connor Hirsch bist du alles andere als auf den Kopf gefallen. Sicherlich willst du eine Gegenleistung von mir, damit ich die Dokumente in deiner Tasche einsehen darf. Wie wäre es mit dem Versprechen, dass weder ich noch meine Vampirfreunde deiner Tante und die nem Onkel irgendein Leid zufügen? Das gilt für jeden Ort, an dem sie sich befinden, sowohl hier als auch in Cambridge. Zudem halte ich dich immer auf dem Laufenden, wenn ich auf etwas Neues stoße, das deine Forschungen betrifft und deine Fragen beantwortet. Deal?« Er streckte auffordernd seine rechte Hand aus.

Kannte Martin mich wirklich so gut, um zu wissen, dass mir die Sicherheit meiner letzten lebenden Familienmitglieder mehr am Herzen lag als alles andere? Oder war er einfach nur gut darin, mich zu durchschauen? Die Tatsache, dass es ein Risiko war, einem Wildfremden und dazu noch einem Vampir zu vertrauen, war mir durchaus bewusst. Aber welche andere Möglichkeit hätte ich denn schon?

Vielleicht ist Martin gar nicht so böse wie die Vampire, die mein Vater in seinem Brief erwähnt hatte. Ja, welches Recht hatte ich eigentlich, seinen Worten zu vertrauen, ohne mir ein eigenes Bild zu machen? Vielleicht war es mit den Wesen der Nacht so wie mit uns Menschen: Die einen waren gut, die anderen böse und andere wiederum befanden sich in einer Grauzone. Tante und Onkel hatten mir beigebracht, die Dinge zu hinterfragen, anstatt den Worten anderer Glauben zu schenken. Wenn ich Nicole und Michael schon täglich anlog, sollte ich doch wohl nach einem anderen Weg suchen, um ihrer Erziehung gerecht zu werden. Ehe mein Gehirn die Information verarbeitet hatte, dass meine rechte Hand einen unsicheren, nicht abänderbaren Deal eingegangen war, befand ich mich schon neben meinem Gastgeber auf dem Sofa.

»Wie schön, dass wir auf einer Wellenlänge sind, Liz«, besiegelte Martin unsere Übereinkunft mit einem theatralischen und arroganten Unterton, wobei er mir zuzwinkerte. »Lass mich dir einen Gefallen tun und dich darauf hinweisen, dass diese wunderschöne Kette dich nicht vor mir beschützen kann.« Um seinen Worten Nachdruck zu verleihen, berührte er ohne Probleme mein neuestes Schmuckstück und riss es mir vom Hals.

»Aber die Frau war sich so sicher und ...«, begann ich schockiert, wurde jedoch von seinem schallenden Gelächter unterbrochen.

»Ja, Kreuze haben die Macht, euch Menschen vor Vampiren zu schützen. Aber nur wenn der Vampir neu ist, also innerhalb der ersten sechs Monate seiner Verwandlung. Und bevor du fragst: Weihrauch, Pflöcke und Knoblauch sind ebenfalls eine Marketingstrategie, erfunden von Bram Stoker. Und nun würde ich gerne die Dokumente sehen.«

Verärgert über die schlecht informierte Verkäuferin und entsetzt über meine Schutzlosigkeit fing mein Herz wild zu pochen an, während ich spürte, wie meine Handflächen immer schwitziger wurden. Ein dicker Kloß bildete sich in meinem Hals und erschwerte mir das Schlucken. Ich hatte mich freiwillig einem Vampir ausgeliefert und musste ihm nun blind vertrauen. So ein Mist! Vorsichtig kramte ich in meiner Tasche, zog den Briefumschlag mit dem in Runen und Symbolen verfassten Text heraus und überreichte ihn zitternd.

Die Runen und Symbole ergaben die Reihenfolge *Ansuz, Mond, XX, Algiz, Ehwaz, ein Wolf, spitze Zähne, Naudiz, Isa, Tiwaz, Sowilo.*

Wir starrten eine Zeit lang schweigend auf das Papier, jeder in die eigenen Gedanken vertieft. Zwischendurch stand der Vampir auf und kam mit einer Runentafel, Schreibblock und Stift zurück zum Sofa. Woher er die

Materialien geholt hatte, vermochte ich nicht zu sagen, zu sehr galt meine Konzentration den seltsamen Zeichen.

»Ich hab's!«, rief Martin auf einmal und gab mir einen Zettel mit den Wortübersetzungen:

Ansuz = höchste Gottheit, *Mond* = Vollmond, *XX* = römische Zwanzig, *Algiz* = Aufstieg, *Ehwaz* = Entscheidung, *Wolf* = Symbol für Werwolf, *spitze Zähne* = Zeichen für Vampir, *Naudiz* = Schicksal/Bestimmung, *Isa* = Stillstand, *Tiwaz* = Willen/ Zielstrebigkeit und *Sowilo* = Sieg/Erfolg

Verständnislos starrte ich die einzelnen Wörter an und versuchte mir einen Reim darauf zu machen. Ich spürte förmlich, wie mein Gehirn vor Anstrengung ratterte, jedoch blieben meine Bemühungen erfolglos. Frustriert seufzte ich und stützte mein Kinn auf meine Hände, die Ellenbogen auf dem Tisch. Martin schien meine Verwirrung zu spüren und legte seine linke Hand auf meine rechte Schulter. Überrascht schaute ich auf und erkannte, dass der Vampir recht optimistisch wirkte. Ich legte den Kopf schief und sah mein Gegenüber ratlos an.

»Wie kannst du nur so zuversichtlich sein? Die einzelnen Wörter ergeben keinerlei Sinn. Möglicherweise war das Ganze nur ein Scherz oder ein Ablenkungsmanöver.« Ich schaffte es nicht, meine Enttäuschung zu verbergen.

Doch Martin lächelte nur und erwiderte: »Genau das sollen wir wahrscheinlich denken. Ich weiß nicht, ob dein Vater den Text selber verfasst hat oder ob es sich dabei um eine jahrhundertealte Abschrift handelt. Wenn dies der Fall sein sollte, haben wir nichts zu befürchten. Bevor das moderne Alphabet erfunden wurde, kommunizierten die Menschen nur über Runen und andere Symbole. Auch später verwendeten viele Geheimbunde und

Sekten weiterhin eine Kombination verschiedener Symbole. Dies diente dem Schutz der Botschaft, besonders während der Machtperiode der katholischen Kirche. Im Gegensatz zu heute besaß die katholische Kirche damals unglaublich viel Macht. Jeder Mensch, dessen Texte der Lehre der Kirche widersprachen, wurde bestraft. Galileo Galilei wurde ins Gefängnis geworfen, weil seine Auffassung über das Sonnensystem im Widerspruch zur Meinung der Kirche stand. Seine Schriften wurden verboten und als Gefahr für den katholischen Glauben angesehen. Andere Menschen wurden für ähnliche Taten sogar ermordet. Nun gab es jedoch Geheimbunde, wie das Rudel deiner Familie, die sich verpflichtet sahen, ihre Geheimnisse an die Nachfahren weiterzuleiten. Um sich und ihre Geheimnisse zu beschützen, verwendeten sie die Zeichensprache. Also lass den Kopf nicht hängen, ich bin mir sicher, dass wir in der Lage sind, den Sinn zu entschlüsseln.«

Schweigend lauschte ich der Rede des Vampirs, bemüht, seinen Worten zu folgen. Seine Erläuterungen er gaben durchaus Sinn. Wenn mein Vater und unsere Vorfahren tatsächlich ein heikles Geheimnis weitergeben wollten, wäre es töricht gewesen, das moderne Alphabet zu verwenden, und zwar nicht nur der Kirche wegen – die Gefahr, dass die Botschaft in die Hände nichtsahnender Menschen gelangen könnte, wäre zu hoch. Doch eine Frage lag mir weiterhin auf der Zunge und ich brannte darauf, eine Antwort zu erhalten.

»Wie genau wollen wir die geheime Botschaft der Wörter herausfinden?« Ich musterte den Vampir und biss mir unbewusst auf die Lippe.

»Indem ich meine Freunde um Hilfe bitte. Keine Sorge, nur meinen vertrauenswürdigen Freunden werde ich das Rätsel zeigen. Sie bekommen unsere Übersetzung und können mir beim Nachdenken helfen. Zu fünft sind wir Vampire sehr schnell in der Lage, die wahre Bedeutung des Textes herauszufinden. Ich verspreche dir, dass ich keinem anderen von unserem Geheimnis erzählen werde. Wenn das Rätsel gelöst ist, werde ich mich wieder bei dir melden.«

Wütend funkelte ich Martin an. War das sein verdammter Ernst? Es war mein Rätsel, ich sollte es lösen und niemand sonst! Der Gedanke daran, dass ich aus meinem eigenen Abenteuer, meiner eigenen Verantwortung ausgeschlossen werden sollte, ließ mein Blut kochen. Bevor ich mich beherrschen konnte, war ich aufgesprungen und stand mit verschränkten Armen vor Martin Jefferson.

»Ich werde das Rätsel lösen! Es ist meine Aufgabe und die lasse ich mir nicht wegnehmen. Der Brief wurde an mich adressiert. Ich will bei der Lösung des Rätsels behilflich sein!«, forderte ich zornig mein Recht ein.

»Ganz ruhig, Prinzessin«, erwiderte Martin belustigt angesichts meiner beleidigten Gestik. »Du wirst natürlich an der Aufgabe beteiligt, daran bestand von Anfang an keinerlei Zweifel. Allerdings kennst du dich mit Runen nicht aus, meine Freunde und ich schon. Zudem drängt die Zeit. Deshalb ist es sinnvoller, wenn du die Runen uns Experten überlässt und dich stattdessen um die Kette kümmerst. Auf den ersten Blick wirkt der Kettenanhänger wie ein unbedeutender Anhänger, der einfach nur schön verziert wurde. Bei genauerem Hinsehen jedoch lässt sich ein verschlungenes B. S. erkennen. Wer ist dieser oder diese B. S.? Welche Rolle spielt diese Person in unserem Rätsel? Ich denke, dass dies eine Aufgabe für dich ist. Finde heraus, was es mit dem Anhänger auf sich hat. Ich bin mir sicher, dass diese Person der Schlüssel ist. Somit vertraue ich dir die wichtigste Aufgabe an. Bist du damit einverstanden?«

Erleichtert und verlegen zugleich stimmte ich Martins Plan zu. Die Vampire waren mit den Runen vertraut und hatten somit bessere Chancen, die Bedeutung zu entziffern. Ich wäre da wahrscheinlich keine Hilfe, sondern würde eher zu viele Fragen stellen. Mir die Kette anzuvertrauen, war hingegen ein cleverer Schachzug. Immerhin waren Nicole und Michael in der Juwelierbranche tätig. Sollte ich nicht selbst auf die Lösung kommen, könnte ich vorsichtig anfragen, wann und wo die Kette angefertigt worden war. Nicole war sehr gut darin, Epoche und Herkunft von Schmuckstücken zu bestimmen.

Peinlich berührt entschuldigte ich mich für meinen emotionalen Ausbruch und nahm die Aufgabe an. Martin winkte lächelnd ab – ich sei eben noch ein Teenager, da seien emotionale Reaktionen zu erwarten – und bot mir an, mich ins Hotel zurückzufahren. Trotz aller Bedenken stieg ich zu ihm ins Auto. Immerhin war Martin Jefferson, der heiße amerikanische Vampir, im Moment meine einzige Bezugsperson, der gegenüber ich ehrlich sein konnte. Ich war zu stolz, um es ihm ins Gesicht zu sagen, aber ich mochte ihn. Zugegeben, er war arrogant, vorlaut und herablassend und genau die Art Mann, vor der Tante und Onkel mich immer gewarnt hatten, aber der Vampir übte eine gewisse Anziehungskraft auf mich aus. Keine Ahnung, woher dieses Gefühl kam, vielleicht war es der unbewusste Wunsch nach dem Unbekannten und dem Gefährlichen.

»Es wird Zeit, dir die Wahrheit über uns Vampire zu erzählen, immerhin arbeitest du nun mit welchen zusammen«, eröffnete er mir. »Wie du sicherlich bemerkt hast, gibt es eine große Zahl an Filmen und Büchern, die sich mit meiner Spezies befassen, obwohl fast jeder Schriftsteller und Filmemacher davon überzeugt ist, dass wir nicht wirklich existieren. Bei jeder neuen Hollywood-Geschichte kommen neue und alte Mythen über uns auf. Manchmal heißt es, man könne uns mit Weihrauch, Kreuzen und Holz besiegen. Andere Geschichten erzählen, dass wir angeblich nichts essen, in Särgen schlafen und von Grund auf böse sind. Faszinierend sind auch die widersprüchlichen Meinungen über unsere Bisse. Die ei nen sagen, Vampirbisse führen zum Tod, andere behaupten, ein gebissener Mensch wird ebenfalls zum Vampir. Die Frage, wie eine Verwandlung stattfindet, wurde bis heute nicht beantwortet. Zuerst einmal möchte ich klarstellen, dass die wenigsten Mythen zutreffen. Vampire können sich sowohl tagsüber als auch nachts ungehindert bewegen. Sonnenstrahlen brennen zwar ein wenig auf unserer Haut, aber sie schaden uns nicht. Kein Vampir schläft in Särgen – wie die Menschen bevorzugen wir luxuriöse Schlafräume mit möglichst bequemen Betten. Und zwar ohne, dass wir uns in angeblich heiliger Erde wälzen. Unsere Hauptnahrungsquelle ist das Blut, jedoch genießen wir gerne die menschlichen Spezialitäten. Kreuze, Weihrauch und Kirchen haben keinerlei Einfluss auf unsere Befindlichkeit, obwohl ich eine persönliche Abneigung gegen das Christentum hege.«

Einige seiner Aussagen überraschten mich, andere hätte ich von allein ausschließen können. »Welche Gerichte magst du am liebsten?«, wollte ich sofort von ihm wissen und schaute ihn dabei von der Seite an.

»Du bist ganz schön neugierig, weißt du das eigentlich?«, konterte Martin amüsiert, ohne den Blick von der Straße zu wenden.

»Klar weiß ich das, ist eine meiner größten Stärken«, entgegnete ich grinsend. »Wenn du mir nicht verraten willst, was du gerne isst, dann wenigstens, was du über Hexen weißt!«

Seufzend und leicht genervt fasste er alles über Hexen zusammen, was er wusste. Offenbar war Martin in den letzten Jahrhunderten keiner einzigen Hexe begegnet und hatte sich deshalb nur oberflächlich mit ihnen befasst. Er erzählte mir, dass Vampire und Werwölfe sich seit Ewigkeiten bekämpften und dass die Hexen es sich zur Aufgabe gemacht hatten, sich in die Streitereien einzumischen. Dies taten sie bevorzugt, indem sie Zaubersprüche, Prophezeiungen und Flüche aussprachen. Skeptisch schüttelte ich den Kopf, nicht dass ich Martin nicht glaubte, eher stellte sich mir die Frage, warum sie sich in einen Krieg einmischten, der sie eigentlich gar nicht betraf.

»Danke, dass du mir immerhin diese Frage beantwortet hast. Ich weiß aber immer noch nicht, ob du wirklich aus Amerika stammst«, hakte ich nach.

»Sieh nur, Liz, wir sind da. Danke, dass du heute Abend bei mir vorbeigeschaut hast. Wenn irgendetwas ist, ruf mich an. Und denke daran, Freunden und Familie gegenüber Stillschweigen zu wahren. Ich melde mich bei dir, wenn ich etwas Neues weiß.«

Amüsiert über seine Ausweichtaktik versprach ich, ihm Bescheid zu geben, sobald ich etwas herausgefunden hätte. Mit einem Kuss auf die Wange verabschiedete ich mich und verschwand im Hotel.

nEuE SchulE , nEuEs glück

Am Donnerstagmorgen waren die Sommerferien vorbei und ich war nun offiziell Schülerin der zwölften Klasse. Obwohl ich seit Sonntagnacht kaum geschlafen hatte, da ich Martin beweisen wollte, dass ich ehrgeizig und zuverlässig war, freute ich mich auf den neuen Schultag. Endlich begann mein Abschlussjahr und bald schon würde ich mich bei verschiedenen Universitäten bewerben. Die Vorstellung, eine renommierte Universität zu besuchen und Geschichtswissenschaften zu studieren, brachte meine Augen schon seit Jahren zum Funkeln, und in elf Monaten würde es endlich so weit sein. Andere Schüler mochten Angst oder Unbehagen vor dem Abschlussjahr empfinden, ich hingegen freute mich darauf. Zugegeben, ich hatte immer davon geträumt, mein Abschlussjahr mit meinen Freunden in Cambridge zu meistern, und die Erinnerung daran stimmte mich traurig, dennoch spürte ich einen gewissen Optimismus in mir aufsteigen. Möglicherweise war es einfach nur die Vorfreude auf die Weihnachtsferien und somit auf das Wiedersehen mit meinen englischen Freunden.

Als mein Wecker um halb sieben klingelte, fühlte ich mich ausgeschlafener denn je. Mit einem Lächeln schälte ich mich aus meinem Bett und begab mich ins Badezimmer. In der Nacht war es warm gewesen und die kalte Dusche war ein willkommener Start in den Tag. Um in der Schule nicht unangenehm aufzufallen, verbrachte ich einige Minuten länger vor dem Spiegel als sonst. Ich wusste nicht so recht, für welche Kleidung ich mich entscheiden sollte. Auf der einen Seite sollte es am Nachmittag sehr warm werden, auf der anderen Seite wollte ich in angemessener Kleidung erscheinen. Nach einem kräftigen Seufzer und mehreren Minuten panischen Wühlens hatte ich die perfekte Entscheidung getroffen – ein hellgrünes T-Shirt und dunkelblaue Shorts, die mir bis zu den Knien reichten. Um nicht als oberflächlich abgestempelt zu werden, verzichtete ich komplett auf Make-up und gab mich mit einem einfachen Zopf zufrieden.

Nach einem ausgiebigen Frühstück und einer stickigen Bahnfahrt kam ich an meiner neuen Schule an. Da ich mich schon in den Ferien angemeldet hatte, verspürte ich keinerlei Nervosität. Stattdessen begab ich mich erhobenen Hauptes zum Büro meiner Schulleiterin und wartete wie besprochen vor der Tür. Zwar wusste ich, dass mein Schultag in Raum 205 bei Herrn Vehementes im Fach Geschichte beginnen sollte, dennoch wollte Frau Kramer mich begleiten, um sicherzustellen, dass ich den Raum fand. Während ich auf sie wartete, gab ich mich meinen Gedanken hin. Ich wusste, dass meine Freunde in England noch Sommerferien hatten und gemeinsam eine Woche in London verbringen wollten. In solchen Momenten wünschte ich mir, das Erbe abgelehnt zu haben, doch ändern konnte ich es sowieso nicht mehr. Bevor sich mein Gewissen melden und mich darauf hinweisen konnte, dass meine Entscheidung richtig war, hörte ich Schritte hinter mir. Seufzend drehte ich mich um und setzte mein strahlendes Lächeln auf.

»Guten Tag, Elizabeth«, begrüßte mich Frau Kramer. »Ich freue mich, dass Sie heute zu Ihrem ersten Schultag an meiner Schule erschienen sind. Wie Sie ja wissen, haben Sie die ersten vier Stunden bei Herrn Vehementes Unterricht, zuerst Geschichte, dann Englisch. Jedes Fach wird bei uns in Doppelstunden unterrichtet, eine Doppelstunde dauert neunzig Minuten. Zwischen zwei Fächern haben Sie eine Pause. Sie haben Montag, Dienstag und Donnerstag acht Stunden und Mittwoch und Freitag ist nach der sechsten Stunde Schluss. Da heute der erste Schultag im neuen Schuljahr ist, haben Sie nach der sechsten Stunde Schluss. Haben Sie noch Fragen?«

Dankbar schüttelte ich den Kopf und antwortete: »Vielen Dank, Frau Kramer, dass Sie mich zu meiner ersten Unterrichtsstunde begleiten. Immerhin kenne ich das Gebäude noch nicht und hätte mich womöglich verlaufen.«

»Da wären Sie nicht die erste Schülerin. Falls sich weitere Fragen ergeben, können Sie mich in den Pausen gerne aufsuchen. In Zukunft achten Sie bitte darauf, dass Sie pünktlich zum Unterricht kommen. Heute ist natürlich eine Ausnahme, ich habe Sie schließlich darum gebeten, erst nach Unterrichtsbeginn zu erscheinen. Kommen Sie bitte mit.«

Während ich mich mit Frau Kramer über die Regeln der Schule unterhielt, begaben wir uns in die zweite Etage. Obwohl das Gymnasium ebenfalls eine Privatschule war, ließ sie sich nicht mit der Melton School vergleichen. Meine englische Privatschule hatte mehr in Renovierungen investiert. Dennoch waren auch hier die Treppenhäuser in einem annehmbaren Zustand. Die Wände waren weiß gestrichen und wirkten unnatürlich sauber, was mich vermuten ließ, dass während der Ferien neu gestrichen worden war. Das Treppengeländer erstrahlte in Rubinrot.

Kurze Zeit später betraten wir das geräumige Klassenzimmer. Als wir eintraten, gab es überraschtes Getuschel und gespannte Blicke. Herr Vehementes war ein stämmiger Lehrer Ende fünfzig. Sein graues Haar wies einige kahle Stellen auf und das schwarze Hemd, das sich über die liebevoll gepflegte Bauchkugel spannte, hätte eine Nummer größer ausfallen können. Um seinen Look abzurunden, trug er eine rote Krawatte und eine schwarze Hose, zudem waren seine ebenfalls schwarzen Schuhe auf Hochglanz poliert. Angesichts seiner Kleiderwahl erwartete ich eine strenge Begrüßung. Umso überraschter war ich über seinen gütigen und einladenden Blick. Bevor Frau Kramer mich vorstellen konnte, hatte der Mann schon seinen Mund geöffnet.

»Sie müssen Elizabeth sein, nehme ich an. Herzlich willkommen in meinem Geschichtsunterricht. Bitte nehmen Sie doch in der zweiten Reihe neben Stefanie Mei ster Platz. Keine Sorge, Sie haben vom Unterricht nichts verpasst. Ich weiß nicht, welches Thema an Ihrer englischen Schule unterrichtet wurde, bei meinem Kurs geht es allerdings um das Dritte Reich. Sollten Sie mir oder Ihren Mitschülern nicht folgen können, weil Ihnen noch Wissen fehlt, können Sie gerne nachfragen. Warum erzählen Sie nicht kurz etwas über sich?«

Nachdem Frau Kramer sich verabschiedet hatte, stellte ich mich vor. »Mein Name ist Elizabeth Hirsch, allerdings werde ich meistens Liz genannt. An der Melton School haben wir uns nur mit britischer und irischer Geschichte befasst, aber genau deswegen habe ich Ihren Kurs gewählt. Ich habe nämlich deutsche Wurzeln und würde gerne etwas über die deutsche Geschichte lernen, zumal die Geschehnisse im Dritten Reich zwar schrecklich, aber höchst interessant sind. Ich werde im Januar achtzehn und möchte nach meinem Schulabschluss Geschichtswissenschaften studieren. Wer mehr über mich wissen möchte, kann mich in der Pause gern fragen.«

Nach diesen Worten begab ich mich an meinen Platz und musterte meine Sitznachbarin. Stefanie hatte grünbraune Augen und blonde Wellen, die ihr bis zu den Schultern reichten. Als sich ihr Mund zu einem Lächeln verzog, entblößte sie ihre Zahnspange. Sie musste ungefähr in meinem Alter sein, war jedoch recht klein und zierlich. Ihr Kleidungsstil ließ mich vermuten, dass sie ein gewisses Interesse an Mode hatte. Ihre dunkelblaue Skinnyjeans schmiegte sich perfekt an ihre schlanken Oberschenkel, ihre dunkelrote Bluse war an der Taille leicht gerafft und gewährte dezenten Einblick ins Dekolleté. Während Herr Vehementes den Ablauf des Schuljahres erläuterte, sprach mich Stefanie im Flüsterton an und erklärte, dass ich sie gerne Steffi nennen könne und sie im Juli erst siebzehn geworden sei. Ich wollte gerade antworten, als wir von Herrn Vehementes unterbrochen wurden.

»Liz, ich verstehe ja, dass Sie an Ihrem ersten Schultag Kontakte knüpfen wollen, aber bitte verlegen Sie das auf die Pausen. Ihre Abiturprüfung in Geschichte bedarf einer ehrgeizigen Vorbereitung, zumal Sie anschließend Geschichtswissenschaften studieren wollen. Da Sie neu sind, verzichte ich auf eine Eintragung ins Klassenbuch. Allerdings erwarte ich, dass Sie Ihre Ausbildung in Zukunft ernster nehmen.«

Verlegen fuhr ich mir durch die Haare. »Bitte verzeihen Sie, dass ich mich während Ihres Unterrichts unterhalten habe. Das war unangemessen von mir. Wären Sie so freundlich, zu wiederholen, was Sie eben gesagt haben?«, versuchte ich meinen Lehrer mit meinem Charme zu besänftigen. Zu unserem Glück ging meine Masche auf und Vehementes wiederholte seine Worte. Er erklärte uns, dass die Abiturprüfung fünf Zeitstunden dauerte und verschiedene Themengebiete abgefragt wurden. Er könne uns zwar keine expliziten Fragestellungen nennen, jedoch dürfte jeder Schüler, der in seinem Unterricht anwesend war, die Prüfung bestehen können. Manche Schüler schienen mit dieser Aussage nichts anfangen zu können, ich hingegen war beruhigt. Schließlich hatte Vehementes mir soeben versichert, dass keine Themen aus den letzten Jahren vorkämen.

Kaum hatte mein Geschichtslehrer seinen Satz beendet, klingelte es zur Pause. Erleichtert schnappten sich die meisten Schüler ihre Sachen und verließen den Klassenraum, nur Herr Vehementes und drei Schülerinnen blieben zurück. Kopfschüttelnd begab ich mich mit Stefanie nach draußen. Schon an meiner englischen Schule hatte ich es nie nachvollziehen können, wenn manche Mitschüler drinnen blieben, schon gar nicht in den Sommermonaten.

»Danke, dass du mir hilfst, hier zurechtzukommen. Das ist wirklich eine große Hilfe«, begann ich das Gespräch, während wir auf dem Schulhof unsere Schulbrote auspackten.

»Ach, das mach ich doch gerne. Ich hab mal in Amerika ein Austauschjahr gemacht und festgestellt, wie hilfreich die Unterstützung von Mitschülern sein kann. Willst du wirklich Geschichte nach dem Abi studieren oder wolltest du nur bei Vehementes punkten?«, fragte mich die Blondine breit grinsend, als hielte sie meine Antwort für eine Lüge.

»Nein, ich will wirklich Geschichtswissenschaften studieren. Schon als kleines Kind stand das für mich fest. Mein Vater war Historiker und ich habe ihm regelmäßig Fragen über England und seinen Beruf gestellt. Beides hat mich unglaublich fasziniert. Nachdem mein Vater dann gestorben ist, wollte ich umso mehr in seine Fußstapfen treten. Dieser Wunsch hat sich bis heute hartnäckig gehalten. Und was willst du studieren?«

»Literaturwissenschaften. Ich war drei Jahre alt, als ich lesen gelernt habe. Schon lange gehören Lesen und Schreiben zu meinen größten Hobbys. Keine Sorge, ich bin kein einsamer Freak. Natürlich habe ich außerhalb der Schule meine Freunde, mit denen ich mich regelmäßig treffe. Liest du gerne Bücher?«, wollte sie mit leuchtenden Augen wissen. Dieses Gefühl, wenn die größten Hobbys einen zum Strahlen brachten, kannte ich nur zu gut.

Während der restlichen Pause redeten wir über Bücher, Hobbys, Freunde und Familie. Wie der Zufall es wollte, gab es einige Ähnlichkeiten. Kriminalromane zählten zu unseren Favoriten und wir beide genossen es, mit Freunden und Familie Zeit zu verbringen. Zudem erfuhr ich, dass Stefanie nach der Schule in einem Modegeschäft arbeitete.

Nach dem Englischunterricht trennten sich unsere Wege leider. »Warte!«, rief Stefanie mir hinterher, als ich nach der zweiten Pause zum Biologieunterricht gehen wollte. Überrascht drehte ich mich um. »Was gibt's, Steffi?«

»Lass uns unsere Nummern austauschen. So können wir auch am Wochenende in Verbindung bleiben«, schlug sie mit strahlendem Lächeln vor.

»Gerne. Wir können dann zusammen was unternehmen«, willigte ich ein.

Im Biologieunterricht setzte ich mich neben ein dünnes, großes Mädchen mit einer blonden Bob-Frisur. Als ich Platz nahm, schaute sie von ihrem Buch auf und sah mich aus ihren schokoladenbraunen Augen an. Lächelnd reichte sie mir ihre dünne, blasse Hand und stellte sich als Nina Kalber vor.

»Du bist aus England, oder?«, wollte Nina neugierig wissen und durchbohrte mich mit einem auffordernden Blick.

»Äh, ja. Aus Cambridge, um genau zu sein. Woher weißt du das?«, fragte ich erstaunt und legte meinen Kopf schief. Meine Sitznachbarin schien jedoch mit genau dieser Reaktion gerechnet zu haben und lachte.

»Sagen wir einfach, dass ich meine Augen und Ohren überall habe. Tut mir leid, falls ich dich erschreckt habe, das war nicht meine Absicht. Ich bin einfach nur neugierig. Du bist doch aber nicht allein nach Deutschland gekommen, oder? Ich meine, du bist ja noch nicht volljährig und dann ist es schwer, eine Wohnung zu finden und sich einzuleben. Oder hast du Verwandte hier?« Sie hielt sich die Hände vor den Mund und entschuldigte sich verlegen für ihre Fragerei.

»Ist doch nicht schlimm, meine beste Freundin in England war auch so neugierig. Keine Sorge, meine Tante und mein Onkel sind ebenfalls mitgekommen und sie bleiben so lange, bis ich eine Wohnung gefunden habe, sie sind schließlich meine letzten lebenden Verwandten. Aber woher weißt du, dass ich noch nicht volljährig bin? Ich kann mich nicht daran erinnern, dir mein Alter verraten zu haben.« Skeptisch ließ ich meinen Blick über ihren Model-Körper schweifen. Ein seltsames Gefühl, das ich nicht einzuordnen vermochte, beschlich mich. Warum interessierte sich diese Nina so sehr für mich? War sie immer so gesprächig und neugierig oder sollte ich mir Sorgen machen?

»Tut mir leid, wie taktlos von mir. Ich kann doch gar nicht wissen, wie alt du bist. Um ehrlich zu sein, habe ich dein Alter geschätzt und auf mich wirkst du eher wie sechzehn oder siebzehn. Ich selbst bin sechzehn und lebe bei meinen Eltern, beide hochangesehene Professoren. Ich hab auch zwei große Brüder. Meine Hobbys ...«

Glücklicherweise kam in diesem Moment Frau Adler, unsere Biologielehrerin, in den Raum und so musste ich mich nicht weiter von meiner gesprächigen Sitznachbarin vollquatschen lassen. Diese Nina war ganz schön nervig und ziemlich anstrengend. Während des Unterrichts erklärte Frau Adler uns, dass wir uns im ersten Halbjahr mit der DNA befassen und nach der Klausur mit dem Thema Klonen fortfahren würden. Leider bekam ich keine Gelegenheit, Nina höflich auf ihre aufdringliche Art hinzuweisen, da unsere pummelige Lehrerin überaus streng war. Ihre grauen Augen ließen keinen Schüler unbeachtet. Aufmerksam und systematisch testete sie jeden Einzelnen von uns mit einer Aufgabe, die an der Tafel gelöst werden musste. Wer an seiner Aufgabe scheiterte, wurde dazu verdonnert, sich bis zur nächsten Stunde ausführlich über das Thema zu informieren und in der Woche darauf einen Kurzvortrag zu halten. Erleichtert, dass ich zu den Schülern mit akzeptablem Wissensstand zählte und daher keinen Vortrag vorbereiten musste, stürmte ich aus dem Klassenraum, kaum dass die Schulglocke das Unterrichtsende ankündigte.

Eine halbe Stunde später kam ich im Hotel an, begab mich in mein Zimmer und entledigte mich meiner Schultasche, ehe ich mich auf den Weg ins Restaurant machte. Wie erwartet saßen Nicole und Michael schon an einem Tisch. Lächelnd setzte ich mich zu ihnen und berichtete detailgetreu von meinem ersten Schultag. Beide ermahnten mich zur Vorsicht, sie fanden es auch seltsam, dass Nina nach solchen privaten Dingen fragte. Nachdem ich brav genickt hatte, ergriff Nicole das Wort.

»Liz, wir wissen, dass du morgen wieder Schule hast und dich am liebsten ausruhen möchtest. Aber das geht nicht. Dein Onkel und ich haben vorhin mit einem Gutachter gesprochen, der sich im Auftrag einer Immobilienfirma in zwei Monaten das Haus anschauen möchte, um eine Einschätzung zum Kaufpreis abzugeben.«

»Aber das sind doch gute Nachrichten! Je schneller wir vorankommen, desto besser ist es für uns alle. Aber warum schaust du denn so ernst?«, fragte ich verwundert.

»Falls du es noch nicht bemerkt hast: Das Haus befindet sich in einem katastrophalen Zustand, es ist der rein ste Schweinestall. In zwei Monaten Ordnung zu schaffen, ist ein ehrgeiziges Ziel, das wir erreichen müssen. Der gesamte Müll inklusive Sperrmüll muss entsorgt werden. Die Gegenstände, die noch brauchbar sind und mit denen wir nichts anfangen können, sollten bis dahin verkauft werden. Immerhin nehmen sie nur unnötig Platz weg. Anschließend stehen noch Renovierungsarbeiten an. Wie du siehst, haben wir noch sehr viel Arbeit vor uns. Michael und ich müssen vormittags arbeiten und du bist in der Schule. An deinen kurzen Schultagen sind wir nachmittags im Haus, an Wochenenden ganztags. An deinen langen Schultagen kannst du dich nachmittags ausruhen und Hausaufgaben machen. Es tut uns leid, deine Freizeit vereinnahmen zu müssen, aber es geht nun mal nicht anders. Natürlich bekommst du einen Samstag im Monat frei, um dich mit Freunden zu treffen.«

Jeder Widerspruch wäre zwecklos gewesen. Um keine schlechte Laune zu verbreiten, lächelte ich und behauptete, ganz ihrer Meinung zu sein. Nach dem Mittagessen begaben wir uns ohne Umwege zum Haus. Anstatt wie sonst immer einen Moment im Wohnzimmer zu verweilen, stieg ich sofort die Treppe zum Dachboden hinauf und begann mit der Arbeit. Ich entschloss mich, drei Stapel zu machen: links alles, was in den Müll gehörte, in der Mitte alles noch Verkäufliche und rechts alle Gegenstände, die wir noch gebrauchen konnten. Dieses System hatte zwei Vorteile: Zum einen behielt ich so den Überblick und konnte schneller mit dem Dachboden fertig werden, zum anderen hoffte ich, beim Aufräumen weitere Hinweise meines Vaters zu finden. Diese Hoffnung steigerte meine Motivation ungemein und ehe ich mich versah, tanzte ich bei lauter Musik durch den Raum und ließ alle Stapel wachsen, bis endlich alle kleinen bis mittelgroßen Gegenstände, die sich auf dem Dachboden befanden, einem der drei Stapel zugeordnet waren. Zwar musste ich resigniert feststellen, dass mein Vater keine weiteren Botschaften auf dem Dachboden versteckt hatte, dennoch wurde meine Stimmung nicht getrübt. Vielleicht hatte er ja andere Orte im Haus für Hinweise ausgewählt und ich musste nur weitersuchen.

Schwer atmend sah ich mich um und konnte mir ein zufriedenes Lächeln nicht verkneifen. Ich war fast fertig mit dem Dachboden. Alles, was ich noch zu tun hatte, war, die verkäuflichen Gegenstände in einem Karton zu sammeln, die familiären Gegenstände sicher verwahren und den Rest in einen Müllsack zu stopfen. Ach ja, das Staubwischen musste ich ebenfalls übernehmen. Wenn alles gut lief, konnte ich damit am Wochenende fertig werden. Erledigt und zufrieden ließ ich mich auf dem Fußboden nieder und badete mich in Eigenlob. Gerade als mein Körper sich entspannt hatte und ich mit dem Gedanken spielte, ein Nickerchen zu machen, klingelte mein Handy. Zuerst wollte ich den Anruf wegdrücken, doch dann sah ich Martins Namen auf dem Display und mein Herz begann vor Freude schneller zu schlagen.

»Alles klar bei dir, Liz? Wie war dein erster Schultag?«, wollte er im Plauderton wissen.

»Mir geht's gut, und dir? Der Tag war anstrengend und nun haben mich Nicole und Michael dazu genötigt, Aufräumarbeiten im Haus zu erledigen«, erwiderte ich wahrheitsgemäß und bemerkte, dass ich lächelte. Ich liebte Martins tiefe Stimme, aus irgendeinem Grund wirkte sie sehr beruhigend auf mich und ließ mein Herz höherschlagen.

»Du bist im Haus? Hast du zufällig weitere Hinweise gefunden?«, wollte mein Gesprächspartner neugierig wissen, plötzliche Aufregung schwang in seiner sonst so ruhigen Stimme mit.

»Leider nicht, nein. Ich hatte auch noch keine Zeit, mich mit dem Anhänger zu befassen. Tut mir leid«, gestand ich ein und merkte, dass mich ein schlechtes Gewissen überkam. Unruhig nagte ich auf meiner Unterlippe herum und wartete auf seine Antwort. Das Schweigen, das nach fünf Sekunden gebrochen wurde, kam mir wie eine Ewigkeit vor.

»Nun ja, es ist schade, dass du noch nichts erreicht hast, aber es ist nicht deine Schuld. Deine Tante und dein Onkel dürfen nichts ahnen und sich ihnen zu widersetzen, würde Skepsis erregen. Es ist also sehr schlau von dir, ihrer Aufforderung zu folgen. Hättest du dennoch zwischendurch einen Tag Zeit für mich? Wir hatten nicht den besten Start, immerhin habe ich unser erstes Gespräch mit einer Lüge begonnen. Ich würde es gerne wiedergutmachen.«

Hatte Martin mich gerade um ein Date gebeten? Wollte er tatsächlich mit mir ausgehen? Kaum sickerte diese Information in mein Gehirn, antwortete mein Körper mit einer entsprechenden Reaktion. Mein Herz fing wie wild zu pochen an, meine Handflächen badeten im Schweiß. Kurz darauf färbten sich meine Wangen rot und obwohl Martin mich nicht sehen konnte, senkte ich meinen Blick.

»Gerne möchte ich etwas mit dir unternehmen. Passt es nächste Woche am Samstag bei dir?«, antwortete ich kurz angebunden, um meine Aufregung zu verbergen.

»Das klingt großartig. Ich hole dich dann um 18 Uhr ab. Danke, dass du mir eine weitere Chance gibst. Ich freue mich schon. Schlaf gut, Liz.« Mit diesen Worten beendete er das Gespräch, bevor ich etwas erwidern konnte.

Nachdem er aufgelegt hatte, konnte ich an nichts anderes denken als an das anstehende Date. Was sollte ich anziehen? Wohin würde er mit mir gehen? Ich konnte es nicht mehr abstreiten: Ich hatte mich in Martin Jefferson verliebt! Aber empfand er auch das Gleiche für mich? Sollte ich es ihm sagen oder noch abwarten? Ich war so in Gedanken vertieft, dass ich die Welt um mich herum kaum noch wahrnahm.

Schließlich kam Michael auf den Dachboden, da wir zurück zum Hotel fahren wollten. Ich bekam weder die Autofahrt mit noch bemerkte ich, dass ich ohne Abendbrot ins Bett ging.

mEin DatE mit EinEm VamPir

Seit dem Telefonat mit Martin waren mittlerweile neun Tage vergangen, neun Tage, an denen ich nicht umhinkam, an den Vampir zu denken, mit dem ich an diesem Abend ausgehen wollte. In den vergangenen Tagen hatte ich nichts Besonderes erlebt, ich ging in die Schule, machte meine Hausaufgaben, half im Haus, telefonierte mit Freunden und träumte von Martin Jefferson.

Gut gelaunt stand ich an diesem Vormittag auf und störte mich nicht einmal an der Tatsache, dass ich das Frühstück verpasst hatte. Zur Abwechslung hatte ich mich tatsächlich mit dem Kettenanhänger beschäftigt, allerdings ohne Erfolg. Zuerst durchwühlte ich alte Fotoalben, in der Hoffnung, dasselbe Zeichen auf einem Foto wiederzuerkennen. Nachdem das nichts gebracht hatte, fragte ich meinen Onkel beiläufig, ob es in unserer Familienchronik jemanden mit den Initialen B. S. gab, was er verneinte. Als ich um 3 Uhr immer noch nichts herausgefunden hatte und mit meinem Latein am Ende war, ging ich missmutig ins Bett.

Seitdem waren neun Stunden vergangen und erfreut stellte ich fest, dass ich ausgeruhter denn je war – die perfekte Voraussetzung für ein perfektes Date. Gut gelaunt schwang ich mich aus meinem Bett und durchwühlte meinen Kleiderschrank nach etwas Brauchbarem. Doch schon nach wenigen Sekunden verwandelte sich meine Glückseligkeit in Unsicherheit und eine Woge von Fragen überrollte mich. Sollte ich ein Kleid anziehen oder lieber einen Rock? Was, wenn unser Treffen für Martin gar kein Date war und er Kleid oder Rock als zu übertrieben ansah? Oh Gott, ich hatte nicht einmal mit Jack son Schluss gemacht! Damit war ich in einer Beziehung, in der ich nun die Rolle der betrügenden Freundin einnahm. Ratlos griff ich zum Telefon und tat das Einzige, das ich in diesem Moment für richtig hielt.

»Stefanie, ich brauche dringend deine Hilfe!«, begrüßte ich meine Freundin, gleich als sie sich meldete.

»Liz, ganz ruhig, ich verstehe dich kaum, wenn du so schnell redest. Was ist denn passiert?«

»Ich habe heute Abend ein Date, obwohl ich noch mit einem anderen in einer Beziehung bin. Ich habe keine Ahnung, was ich anziehen soll und ob er das überhaupt als Date ansieht. Zudem habe ich meine Tante und meinen Onkel belogen, die denken, dass ich mich heute Abend mit einer Freundin treffe. Was zur Hölle stimmt nicht mit mir?«, rief ich verzweifelt in das Handy und fuhr mir mit den Fingern durch das zerzauste Haar.

»Für all das gibt es doch eine Lösung!«, antwortete Stefanie amüsiert. »Wenn du für den Typen, mit dem du heute Abend ausgehst, tiefgehende Gefühle empfindest, solltest du mit deinem Freund Schluss machen. So oft regen sich die Leute darüber auf, wenn ein Mann eine andere Frau datet, obwohl er vergeben ist. Es stört uns, also sollten wir auf diese Masche verzichten. Keiner hat es verdient, als Dank dafür, dem Partner blind zu vertrauen, betrogen zu werden. Klar, du hast wahrscheinlich noch nicht mit deinem Schwarm geschlafen, aber wenn du so oft an ihn denkst, ist das sicherlich nur eine Frage der Zeit. Du musst dich nun entscheiden, ob du lieber mit deinem Freund zusammenbleiben willst und das Date absagst oder ob du Schluss machst. Hand aufs Herz: Für wen der beiden willst du dich entscheiden?«

Erschreckenderweise musste ich nicht einmal eine Sekunde nachdenken, sondern wusste die Antwort sofort. »Ich mag beide sehr gern, aber das mit Jack fühlt sich nicht mehr richtig an. Ehrlich gesagt, habe ich seit meinem Umzug nach Deutschland nicht ein Mal mit ihm telefoniert, sondern nur halbherzige Nachrichten geschickt. Das Schlimme ist, dass ich ihn nicht mal vermisse und sogar vergesse, dass ich mit ihm zusammen bin, wenn ich mich mit Martin unterhalte. Bei Martin hingegen schlägt mein Herz schneller, selbst wenn ich nur an ihn denke«, schilderte ich seufzend meine Gefühlslage.

»Na dann ist die Sache doch klar. Du machst mit Jack Schluss und gehst das Risiko mit Martin ein. Und wenn er nicht mehr als Freundschaft will, ist das auch kein Drama, dann wartest du eben noch auf den Richtigen. Ach ja, sei bitte so vernünftig und entscheide dich für ein knielanges Kleid und nicht für eine Jeans. Die Haare solltest du offen lassen und nur dezentes Make-up tragen. Kann ich dir sonst noch irgendwie helfen?«

»Ja, kannst du. Was mache ich jetzt mit meiner Tante und meinem Onkel, die ich wegen heute Abend belogen habe?«, wollte ich von ihr wissen.

»Warte einfach einen Monat ab, wie es sich zwischen euch entwickelt. Wenn es gut läuft, stellst du ihnen Martin vor. Wenn nicht, brauchst du keinem davon erzählen. Es war doch keine schlimme Lüge und flunkern tun wir alle irgendwann mal. Hör zu, ich muss jetzt auflegen. Wenn du weitere Hilfe brauchst, schreib mir eine Nachricht. Ich drücke dir auf jeden Fall für heute Abend die Daumen. Sag mir dann, wie es gelaufen ist.«

»Danke für deine Hilfe. Mach ich!«

Nach dem Telefonat begab ich mich ins Hotelrestaurant zum Mittagessen. Anschließend ließ ich mir beim Friseur Make-up und Haare machen. Ich erzählte der Friseurin, dass ich am Abend ein violettes Kleid tragen wollte, jedoch auf die Brille angewiesen war, da ich keine Kontaktlinsen besaß – bei Brillenträgerinnen sollte das Augen-Make-up nämlich anders aufgetragen werden. Als meine schwarzen Haare schließlich wie glatte Seide über meine Schultern fielen, wirkte ich gleich ein wenig erwachsener. Meine Augen hatte die junge Frau durch einen schwarzen Lidstrich und schwarze Mascara hervorgehoben, auf die Lippen trug sie ein dezentes nudefarbenes Lipgloss auf. Nach meiner Verwandlung in eine elegante junge Lady kehrte ich zufrieden in mein Zimmer zurück und beschäftigte mich bis 18 Uhr mit dem Kettenanhänger.

Draußen wehte ein leichter Wind, welch angenehme Abkühlung, dazu strahlende Sonne, Vogelgezwitscher und Kinderlachen aus der Ferne. Lächelnd trat ich auf die sommerliche Straße und sah mich nach Martin um. Als seine kräftige Hand sich auf meine Schulter legte, drehte ich mich freudig um und schaute in seine hellblauen stechenden Augen, die mich noch immer ungemein anzogen und mich den Rest der Welt vergessen ließen. Sein muskulöser Oberkörper war in ein weißes Hemd gehüllt, unter dem sich die Umrisse seines Sixpacks abzeichneten. Passend dazu trug er eine dunkelblaue Jeans. Neugierig ließ ich meinen Blick über seinen Körper wandern und stellte verlegen fest, dass seine Hose eng anlag und sein bestes Stück betonte.

»Schön, dass du endlich Zeit gefunden hast, etwas mit mir zu unternehmen. Ich freue mich wirklich, dich zu sehen, Liz«, begrüßte er mich mit seiner tiefen Stimme. Ein wenig befangen fuhr ich mir durch die Haare und hoffte, dass er mein Herzrasen nicht bemerkte, das seine Worte auslösten.

»Ich freue mich auch. Was haben wir denn heute vor?«, erwiderte ich eine gefühlte Ewigkeit später.

»Also zuerst wollte ich mit dir ins Kino gehen, dann ins Restaurant und anschließend begleite ich dich wieder nach Hause. Oder möchtest du lieber etwas anderes machen?«, fasste Martin seine Pläne für mich zusammen. Freudig erklärte ich, dass mir sein Plan gefiel, und zusammen stiegen wir in sein Auto. Das nächstgelegene Kino war ungefähr eine Viertelstunde vom Hotel entfernt. Als wir ankamen, geriet ich ins Staunen. Natürlich war ich als Jugendliche in mehreren Kinos in Hannover und Umgebung gewesen, doch keines war wie das *MovieSky*. Noch nie zuvor hatte ich solch einen luxuriösen Filmpalast betreten und kam aus dem Staunen nicht mehr heraus. Der Fußboden war wie aus Marmor und man lief auf violetten Teppichen. An den Wänden hingen Poster der neuesten Kinofilme und in der einen oder anderen Ecke standen lebensgroße Filmfiguren, die von einigen Besuchern für Selfies missbraucht wurden. Die Mitarbeiter trugen weiße Hemden und violette Jacketts, die Mitarbeiterinnen violette Blusen und weiße Blazer. In die Decke waren dezente Strahler eingebaut, die das noble Ambiente abrundeten.

Begeistert sah ich Martin an, der von meiner Reaktion sichtlich amüsiert war.

»Siehst du, Geld zu haben, lohnt sich«, neckte er mich, bevor er an den Schalter trat und Tickets für uns beide besorgte.

»Das ist lieb von dir, aber ich kann für mich selber aufkommen«, erwiderte ich und wollte ihm einen Zehneuroschein in die Hand drücken, den Martin jedoch entschieden ablehnte.

»Nichts da, du behältst dein Geld schön für dich. Weißt du, da wo ich herkomme, sowohl historisch als auch geografisch, bezahlt der Mann für die Frau. Das bezeichnet man als das Verhalten eines Gentleman«, versuchte er sein Verhalten zu rechtfertigen. Schnaubend schüttelte ich den Kopf.

»Ich weiß nicht genau, wie alt du bist, aber das hat nichts mit Gentleman zu tun, sondern mit Macho. Die Männer mussten damals für die Frauen bezahlen, weil die selbst meist kein Geld hatten. Es galt gesellschaftlich als unangemessen. Und so romantisch, wie du es dargestellt hast, war es erst recht nicht. Nichts für ungut, aber für so etwas bin ich zu emanzipiert«, erklärte ich mit verschränkten Armen, konnte mir ein Grinsen jedoch nicht verkneifen.

»Da hast du wohl recht, allerdings kannst du mich nicht zwingen, dein Geld anzunehmen. Lass uns bitte nicht deswegen streiten. Sei zur Abwechslung ein bisschen romantisch und lass mich bezahlen. Nur heute, versprochen«, antwortete der Vampir mit einem auffordernden Funkeln in seinen schönen Augen. In der Regel bekamen mich die Männer nicht so einfach klein, doch bei meinem gutaussehenden Gegenüber fehlte mir jegliches Durchsetzungsvermögen. Zu meinem Verdruss ge nügte ein bittender Blick und ich schmolz dahin. Ehe ich mich versah, kapitulierte ich.

»Na schön, ausnahmsweise gebe ich nach. Aber gewöhn dich nicht daran.«

Mit Popcorn und Cola begaben wir uns in den riesigen Kinosaal. Zum Glück hatte Martin eine Komödie ausgesucht, da dieses Genre zwangloser war als Romanzen oder Horrorfilme. Während des gesamten Films fiel es mir schwer, mich auf das Geschehen auf der Leinwand zu konzentrieren. Ständig fühlte ich Martins Blick auf mir ruhen und musste mich zwingen, nicht darauf einzugehen. Gerade als ich sicher war, den gesamten Film über standhaft zu bleiben, nahm er meine linke Hand in seine. Diese kleine Geste reichte, um mein Gehirn aufzuweichen.

Nach dem Film schlenderten wir Hand in Hand aus dem Kino und schnurstracks an die frische Luft. Ich wollte aufs Auto zusteuern, doch Martin schüttelte den Kopf.

»Das Restaurant ist zu Fuß nur wenige Minuten entfernt. Lass uns laufen, dann kannst du dir die Beine vertreten«, schlug Martin vor und zog mich sachte in die entgegengesetzte Richtung.

»Das ist eine gute Idee. Außerdem müssen wir dann nach dem Essen zurück zum Auto gehen, das bringt meine Verdauung in Schwung. Wie fandest du eigentlich den Film?«, wollte ich von meinem Date wissen und sah ihn fragend an.

»Ohne arrogant wirken zu wollen, aber ich fand den Film großartig, das war eine gute Entscheidung von mir. Ehrlich gesagt schaue ich mir sonst eigentlich keine Filme an. Ich lese lieber Bücher oder höre Musik. Allerdings habe ich gehört, dass die Schauspieler zu den besten aus Hollywood zählen, und habe mich auf die Bewertungen anderer verlassen. Aber genug von mir. Was hältst du von meiner Wahl?«

Überrascht schaute ich ihn mit offenem Mund an. War das tatsächlich sein Ernst? Kinofilme boten doch eine ideale Möglichkeit, um mit anderen in Kontakt zu treten. Wie konnte er darauf nur verzichten?

»Warst du tatsächlich nie zuvor im Kino? Nicht einmal? Ist das typisch für Vampire? Worüber unterhaltet ihr Vampire euch dann? Und woher hast du das Talent, so gute Filme auszuwählen, ohne vorher einen gesehen zu haben?«, bombardierte ich ihn mit einem Haufen Fragen. Lachend legte Martin mir seinen Arm um die Schultern und zog mich so unweigerlich an sich heran. »Die älteren Vampire bevorzugen traditionelle Medien und Unterhaltungsmöglichkeiten. Dazu zählen Bücher, Musik, Poker und andere Kartenspiele und normale Unterhaltungsrunden. Als du bei mir zu Hause warst, hast du meinen Lieblingsraum entdeckt: meine private Bibliothek. So sieht es bei den meisten Vampiren aus. Um ehrlich zu sein, habe ich nicht einmal einen Fernseher. Und wie sieht es bei dir aus? Hast du jemals Klassiker wie Goethe, Shakespeare und Meister Eckhart gelesen?«, wollte er von mir wissen und musterte mich herausfordernd.

Lachend gestand ich ein, nur Goethes *Faust* und Shakespeares *Hamlet* und *Romeo und Julia* gelesen zu haben, jedoch nur für die Schule, woraufhin Martin mir einen tadelnden Blick zuwarf.

Schließlich blieben wir vor einem Chinarestaurant stehen. Von außen machte es nicht besonders viel her, es befand sich in einem alten Backsteingebäude. Innen jedoch war das edle Ambiente atemberaubend schön. »Wow!«, rief ich lauter als beabsichtigt, was Martin erneut zum Schmunzeln brachte. »Es ist wunderschön hier! Danke, dass du so eine tolle Wahl getroffen hast«, murmelte ich und konnte nicht anders, als ihm vor lauter Freude einen Kuss auf die Wange zu drücken.

»Ist ja gut, Liz. Kein Grund, so überschwänglich zu werden!«, antwortete er lachend, während er mir die Jacke abnahm.

Kurz darauf kam ein junger Chinese auf uns zu. »Herzlich willkommen im *Red Dragon*. Wie kann ich Ihnen behilflich sein?«, begrüßte er uns.

»Wir haben einen Tisch für zwei Personen auf den Namen Jefferson bestellt«, erklärte Martin freundlich. Der Chinese überprüfte die Bestellung, bevor er uns an einen Tisch am Fenster führte. »Bei uns gibt es ein Buffet, Sie können allerdings auch à la carte bestellen.«

Wir entschieden uns für das vielfältige Buffet und bestellten die Getränke. Am Buffet berichteten wir uns, was wir seit unserem letzten Treffen so erlebt hatten und wie weit wir mit unseren Nachforschungen gekommen waren. Martin erzählte mir, dass er das Runenrätsel und die dürftige Übersetzung seinen Freunden gegeben hatte, die nun gemeinsam nach dem Sinn suchten. Ich entgegnete, dass es laut meiner Tante und meinem Onkel niemanden mit den Initialen B. S. in der Familie gab.

»Wirklich niemanden? Hast du auch bestimmt tief genug gegraben? Im Laufe der Jahrhunderte haben sich viele Familien vermischt, sodass die Kette möglicherweise aus einer anderen Familie stammt. Zumindest bin ich mir sicher, dass es entweder eine Abkürzung für einen Namen oder für eine Gruppe von Personen sein muss. Eine andere Deutung ist unvorstellbar, da sie in unserem Kontext keinen Sinn ergeben würde«, erwiderte Martin nachdenklich.

»Martin, da hast du mich auf eine Idee gebracht!«, rief ich aufgeregt und konnte meinen eigenen Gedankensprung kaum fassen. »Vielleicht ist es eine Abkürzung für das Werwolfsrudel, dem mein Vater angehörte!«

»Das könnte tatsächlich hinkommen! Gute Arbeit, Liz. Ich weiß, dass du viel zu tun hast mit deinem Abitur und dem verlassenen Haus. Aber wäre es dir möglich, dennoch Nachforschungen zu deiner Theorie anzustellen?«, wollte der Vampir hoffnungsvoll wissen.

»Natürlich werde ich das, Martin! Ich habe doch versprochen, mein Bestes zu geben, um dieses Rätsel zu lösen«, erklärte ich lächelnd, woraufhin er erneut meine Hand ergriff.

»Hör zu, Liz. Ich bin dir wirklich unendlich dankbar für deine Mühen, ohne dich würde ich scheitern. Ich hatte mir schon länger überlegt, dich einzuladen. Ursprünglich wollte ich mich damit nur für dein Vertrauen bedanken. Doch das hat sich geändert. Ich habe mich tatsächlich auf unser Date heute gefreut. Es war der schönste Abend, den ich seit Langem erlebt habe. Ich weiß, dass es schwierig wird. Ich bin ein Vampir und du bist in einem sehr modernen Jahrhundert geboren. Die Situation im Kino vorhin hat mir gezeigt, wie unterschiedlich unsere Erziehung abgelaufen ist. Dennoch liebe ich Herausforderungen und ich kann nicht abstreiten, dass ich gewisse Gefühle für dich empfinde. Ich weiß, es ist gewagt, aber ich würde es gerne mit dir versuchen«, gestand Martin und schaute mir intensiver denn je in die Augen.

Ich wollte ihm antworten, doch ich konnte nicht. Mein Herz hämmerte und meine Hände badeten erneut in Schweiß. Meine Gedanken drehten sich wie wild im Kreis und brachten keinen sinnvollen Satz zustande.

Gerade als Martin sich enttäuscht abwenden wollte, stand ich auf und küsste ihn mitten auf den Mund. Zuerst wirkte er überrascht, doch dann lächelte er breit und erwiderte meinen Kuss mit atemberaubender Leidenschaft. Eine Ewigkeit später, wie mir schien, gab der Vampir mich wieder frei.

Erst als ich wieder zu Atem kam und sich die Wolke in meinem Kopf auflöste, konnte ich endlich antworten. »Martin, natürlich erwidere ich deine Gefühle. Ich habe heute Morgen erst mit einer Freundin darüber gesprochen. Zugegeben, einfach wird es nicht werden, aber ich möchte es ebenfalls gerne versuchen. Der Abend war traumhaft, noch nie hat mich ein Mann so glücklich gemacht.«

Martin schenkte mir ein freudiges Lächeln und winkte den Kellner an unseren Tisch, um zu bezahlen.

»Vielen Dank für den guten Service heute Abend. Wir werden auf jeden Fall wiederkommen. Wie viel bekommen Sie von mir?«

»Es freut mich, dass es Ihnen bei uns gefallen hat, und wir freuen uns, Sie bald wieder begrüßen zu dürfen. Das macht bitte 84,95 Euro«, erwiderte der Kellner freundlich lächelnd und legte die Rechnung auf den Tisch.

Während ich noch über den hohen Preis staunte, drückte Martin ihm 100 Euro in die Hand und überließ dem

jungen Mann den Rest als stattliches Trinkgeld. Anschließend half mein neuer Freund mir galant in die Jacke, bevor wir händchenhaltend zum Auto schlenderten und er
mich zum Hotel fuhr.

DEr StrEit

Am Montag konnte ich es kaum erwarten, zur Schule zu gehen. Nicht etwa, weil ich versessen darauf war, mir neues Wissen anzueignen, sondern vielmehr, um Stefanie wiederzusehen. Hier in Deutschland war sie mittlerweile zu meiner besten Freundin geworden und ich wollte ihr unbedingt erzählen, dass Martin und ich endlich zusammen waren. Zwar hätte ich ihr auch eine Nachricht schicken oder sie anrufen können, aber diese wunderbare Nachricht sollte sie von mir persönlich erfahren. Nicole und Michael wussten noch nicht, dass ich in einer neuen Beziehung war. Warum ich es ausgerechnet den beiden Menschen verschwieg, die die letzten zwölf Jahre auf mich aufgepasst hatten, wusste ich selbst nicht. Jedes Mal, wenn ich mit der Sprache herausrücken wollte, kam ein seltsames Gefühl in mir hoch. Vielleicht lag es daran, dass ich erst einmal abwarten wollte, wie sich das Ganze entwickelte, bevor ich es an die große Glocke hängte. Wie dem auch sei, ich konnte es nicht mehr abwarten, endlich jemanden von meinem Glück zu erzählen.

Nachdem ich mich im Eiltempo fertig gemacht und mir zwei Scheiben Toast in den Mund gestopft hatte, lief ich zur Haltestelle, um noch rechtzeitig zum Unterricht zu erscheinen. Wenn man verliebt ist und die ganze Nacht an seinen Traummann denkt, kann man schon mal verschlafen, sagte ich mir. Zu meinem Glück war die Bahn pünktlich und ich sportlich genug, sodass ich drei Minuten vor acht auf meinen Platz saß. Stefanie umarmte mich sogleich freudig, während sie wartete, dass ich wieder zu Atem kam.

»Ich dachte schon, du kommst heute nicht. Immerhin warst du die letzten Male überpünktlich. Ist was passiert?«

»Keine Sorge, mir geht's gut. Ich hab nur verschlafen, das ist alles«, erklärte ich ihr den Grund für meine knappe Ankunft, während ich in meiner Tasche nach den Unterrichtsmaterialien suchte.

»Oh nein, wie konnte das denn passieren? Ist dein Wecker etwa kaputt? Wenn du willst, können wir nachher im Einkaufszentrum nach einem neuen suchen und ...«

»Nein, nein, mein Wecker funktioniert, sonst bräuchte ich ein neues Handy. Mein Handywecker hat mich noch nie im Stich gelassen«, unterbrach ich sie lächelnd. »Steffi, ich hab verschlafen, weil ich gestern Nacht zu spät ins Bett gegangen bin. Na ja, eigentlich war ich ja rechtzeitig im Bett, allerdings konnte ich erst ganz spät einschlafen. Ich musste die ganze Zeit an Martin und an unser Date von Samstag denken.«

»Ach ja, euer Date!«, tuschelte meine Freundin aufgeregt und sah mich mit großen Augen an. »Erzähl mir alles!«

»Na gut. Also er hat mich vom Hotel abgeholt und ...«

»Stefanie! Elizabeth! Ich erwarte, dass Sie beide meinem Unterricht endlich gebührende Aufmerksamkeit schenken! Reden Sie bitte in Ihrer Pause über Ihre Liebschaften und nicht in meinem Unterricht!«, rief Herr Vehementes wütend dazwischen und schaute uns nacheinander an. »Da Sie es nicht für notwendig halten, aufzupassen, erwarte ich, dass Sie beide ein Referat über Shakespeare halten. Die Dauer beträgt dreißig Minuten.«

»Aber, Herr Vehementes, wir haben doch gar keinen Literaturunterricht«, murmelte Stefanie überrascht.

»Na und? Literatur ist ebenso interessant wie Geschichte und Shakespeare passt auch gut in den Geschichtsunterricht, obwohl es nichts mit unserem Thema zu tun hat. Wenn Sie weiterhin mit mir diskutieren, werden Sie weitere Referate halten.«

Nach dieser Standpauke hielten wir beide es für besser, unsere Unterhaltung auf den Nachmittag zu verschieben. In der Pause riefen wir unsere Familien an, um Bescheid zu sagen, dass wir nach der Schule bei Steffi an dem Referat arbeiten wollten. Kaum war der Unterricht zu Ende, machten wir uns auf den Weg zur Wohnung von Familie Meister ganz in der Nähe. Auf dem Küchentisch fanden wir einen Zettel vor.

Hallo, mein Schatz,

dein Vater und ich kommen heute etwas später nach Hause. Wir freuen uns sehr, dass du endlich eine Freundin mit nach Hause bringst, und hoffen, sie einmal persönlich kennenzulernen. Ich habe für euch beide Mittag gemacht, das Essen steht im Kühlschrank und muss nur noch aufgewärmt werden. Ich habe dich lieb.

Mama

Unwillkürlich musste ich lächeln, Stefanies Mutter erinnerte mich an Nicole. Nach dem Essen blieben wir in der Küche, um am Referat zu arbeiten.

»Steffi, warum gehen wir denn nicht in dein Zimmer? Ist es dort nicht gemütlicher?«, wollte ich wissen.

»Nein, wir bleiben in der Küche, weil das Internet hier besser ist als in meinem Zimmer. Ich hol kurz meinen Laptop und dann kann es losgehen. Brauchst du noch etwas?«, erwiderte sie lächelnd.

»Nee, ich brauche nichts«, entgegnete ich, während ich Block und Kugelschreiber aus meiner Tasche kramte.

»Shakespeare hat doch im sechzehnten Jahrhundert gelebt, oder?«, fragte ich meine Freundin, als wir vor dem Laptop saßen, um zu recherchieren.

»Ja, aber hier steht, dass sein genaues Geburtsdatum nicht bekannt ist, nur das Datum, an dem er getauft wurde«, antwortete Stefanie.

»Echt jetzt? Das wusste ich ja gar nicht! Wann wurde er denn getauft? Und wann ist er gestorben?«, erkundigte ich mich eifrig mit dem Stift in der Hand.

»Also, getauft wurde er am 26. April 1564 und gestorben ist er am 23. April 1616, jeweils in Warwickshire. Er ging auf eine gute Schule, jedoch nie zur Universität. Seine Eltern waren John Shakespeare und Mary Arden of Wilmcote. Außerdem ...«

»Nicht so schnell, Steffi, ich muss das doch alles mitschreiben!«, unterbrach ich sie amüsiert. Lachend nahmen wir uns ganze zwei Stunden Zeit, um Informationen verschiedener Quellen in eigenen Worten wiederzugeben. Wir stellten fest, dass William Shakespeare während seiner Schulzeit nur Latein, Dichtkunst und Geschichte gelernt hatte. Er heiratete, als er gerade einmal achtzehn Jahre alt war. Seine Frau Anne Hathaway war einige Jahre älter und sie bekamen zusammen drei Kinder. Fraglich war, ob all die Werke unter seinem Namen auch tatsächlich von ihm stammten, überhaupt war wenig über ihn bekannt. Als wir uns eine Pause genehmigten, sprach mich meine Freundin erneut auf mein Date an.

»Wir wurden ja heute Morgen ziemlich unfreundlich von Vehementes unterbrochen. Jetzt erzähl mir aber alles!«

»Das war so romantisch! Nachdem er mich abgeholt hatte, sind wir in ein Luxuskino gefahren. Dort hat er mir die Karte, Popcorn und eine Cola spendiert und meine Hand gehalten«, fasste ich den ersten Teil des Dates zusammen.

»Oh, das ist ja süß! Wie hast du reagiert? Und was habt ihr nach dem Kino gemacht?«

Lachend fuhr ich mit meiner Erzählung fort. »Natürlich habe ich mich nicht gerührt, bis der Film vorbei war. Dann sind wir händchenhaltend zum Restaurant gegangen und nach dem Essen hat er mir seine Liebe gestanden. Wir sind seitdem zusammen.«

»Dein neuer Freund ist echt romantisch. Und ich dachte, so etwas gibt es nur in Büchern und Filmen«, schwärmte sie.

»Ja, ich weiß, Martin Jefferson ist so ein Gentleman!«, säuselte ich ganz verträumt.

Voller Entsetzen riss Stefanie plötzlich die Augen weit auf. »Hast du gerade gesagt, dass du Martin Jefferson datest?« Verwirrt über ihren Stimmungswandel nickte ich.

»Liz, er ist ein Vampir! Und ich weiß, dass du ein Werwolf bist. Immerhin bist du eine Hirsch und du stammst aus demselben Rudel wie ich. Bestimmt hast du viele Fragen, die wir dir gerne beantworten. Nur bitte sag mir, dass die Dokumente, die dein Vater hüten sollte, in Sicherheit sind!«

»Du weißt davon? Steffi, sag mir die Wahrheit! Die Dokumente sind in Sicherheit. Martin und ich haben die Runen entziffert und seine Freunde versuchen den Sinn herauszufinden und ...«

»Liz!«, rief Stefanie. »Martin ist ein Vampir! Ich weiß, du willst das nicht hören, aber er ist ein böser Vampir! Er ist der Feind!«

Ehe ich mich versah, stürmte ich mit Tränen in den Augen aus der Wohnung.

Im Hotel angekommen, sprintete ich die Treppe nach oben in mein Zimmer und schmiss mich weinend auf das Bett. Wie konnte Stefanie es wagen? Nur weil sie keinen Freund hatte und von Natur aus die Vampire verabscheute, hatte sie nicht das Recht, meine glückliche Beziehung zu zerstören! Warum tat sie mir das an? Martin war ein gut erzogener Gentleman, der mich in jeder Sekunde glücklich machte. Wie kam meine Freundin nur darauf, er könne ein gemeiner, rücksichtsloser Mörder sein?

Eine Stunde lang gab ich mich der Trauer und der aufkochenden Wut hin. Je mehr Zeit verstrich, desto ruhiger wurde ich. Mein Herzschlag wurde langsamer und ich atmete flacher. Zwar war ich noch immer sauer, dennoch sah ich die Lage nun klarer. Sie hätte sich anders ausdrücken sollen, aber sie hatte sicherlich ihre Gründe gehabt. Gerade als ich aufstehen wollte, bekam ich eine Nachricht von Stefanie. Unsicher und neugierig zugleich öffnete ich sie.

Liz, es tut mir leid, dass ich dich traurig gemacht habe. Das war nicht meine Absicht. Aber du solltest verstehen, dass ich dir nur die Wahrheit gesagt habe. Es liegt in der Natur der Vampire, böse zu sein und ihren Charme für die eigenen Ziele einzusetzen. Er hat dich nur benutzt, Liz. Natürlich bin ich mit der typischen Sichtweise der Werwölfe aufgewachsen und habe von daher wohl auch Vorurteile. Aber du kennst ihn noch nicht lange und es ist das erste Mal, dass du mit einem Vampir in Kontakt getreten bist. Ich bitte dich, demnächst noch einmal zu mir zu kommen und mit mir darüber zu sprechen. Die anderen Werwölfe werden ebenfalls da sein. Bitte hör dir unsere Position an, wir wollen dir doch nur helfen.

Nachdenklich las ich mir die Nachricht dreimal durch. Wenn die anderen Werwölfe Stefanies Auffassung teilen sollten, dürfte wohl irgendetwas dran sein. Zudem könnten sie mir erklären, inwiefern Martin böse war. Möglicherweise betraf sein feindliches Verhalten nur die Werwölfe und nicht die Menschen. Dann könnte ich vielleicht als Vermittlerin zu einer friedlichen Lösung dieses uralten Streits beitragen. Also stimmte ich Steffis Vorschlag zu und wandte mich seufzend einem anderen unangenehmen Thema zu.

Meine Entscheidung für Martin bedeutete, dass es an der Zeit war, mit Jackson Schluss zu machen. Ich hatte ihn geliebt, aber die Ereignisse in Deutschland hatten mich verändert. Als ich mit Jack zusammen war, war ich eine naive Schülerin mit typischen Teenagerproblemen gewesen. Nun jedoch verstand ich, dass es Probleme gab, die ein gewisses Verantwortungsbewusstsein und sachliches Denken erforderten, ernste Probleme, die viele Menschen betrafen. Nun lag es an mir, das Geheimnis aufzuklären, das meinen Eltern den Tod brachte, diese Erkenntnis hatte mich verändert. Ich brauchte einen Mann wie Martin an meiner Seite, keinen ahnungslosen Schuljungen, ich brauchte jemanden, dem ich mich anvertrauen konnte, für den die übernatürliche Welt mehr als nur ein Märchen war. Anfangs hatte ich Jackson vermisst, doch dieses Gefühl schwand allmählich, als mir der Ernst meiner Lage bewusst geworden war. Mit einem tiefen Seufzer griff ich nach meinem Telefon und wählte Jacks Nummer. Nach drei Sekunden hörte ich seine Stimme am anderen Ende der Leitung.

»Liz! Wie geht's dir? Warum hast du dich wochenlang nicht gemeldet?«, beschwerte sich mein zukünftiger Ex, in seiner Stimme schwangen gleichermaßen Besorgnis und Enttäuschung mit.

»Es tut mir wirklich leid, Jack. Ich war schwer beschäftigt und hatte keine Zeit, um anzurufen. Es sind einige Dinge passiert, die ich dir leider nicht erzählen kann. Und ich habe eine Nachricht, die dir nicht gefallen wird«, versuchte ich, einen möglichst sachlichen Einstieg zu fin den und mein schlechtes Gewissen zu verdrängen.

»Was meinst du damit? Ist dir was zugestoßen? Geht es dir nicht gut? Kann ich irgendetwas ...«

»Ich rufe an, um Schluss zu machen. Du hast keine Schuld, aber mein Leben hat sich sehr verändert und ich will dir nichts vorspielen. Es tut mir leid, Jack.«

Ein paar Sekunden, die sich wie eine Ewigkeit anfühlten, war es still. Er schien die Neuigkeit erst einmal verdauen zu müssen. Gerade als ich überlegte aufzulegen, setzte er zu einer Antwort an.

»Es tut dir leid, ja? Und dass du mich nicht mehr liebst, ist dir erst heute Morgen eingefallen? Warum tust du mir das an, Liz? Ich weiß, dass du in Hannover viel Schlimmes durchmachen musst. Die Erinnerungen an deine verstorbene Familie tun sicherlich weh. Aber das ist doch lange kein Grund, mit mir Schluss zu machen. Ich kann dich unterstützen und ...«

»Es ist anders, als du denkst, Jackson. Ich habe Sachen herausgefunden, die dir das Blut in den Adern gefrieren lassen würden. Ich habe mich verändert und kann nun nicht mehr mit dir zusammen sein. Vielleicht werde ich dir in den Weihnachtsferien mehr sagen können. Es tut mir wirklich sehr leid«, erklärte ich der ersten Liebe meines Lebens. Ich wollte ihm nicht das Herz brechen, aber ich liebte ihn tatsächlich nicht mehr und mochte ihm nicht eine Lüge nach der anderen auftischen. Die plötzliche Kälte in seiner Stimme ließ mich dennoch zusammenzucken.

»Mir tut es auch leid, Liz. Nächstes Mal hab doch bitte gleich den Mut, deinen verlogenen Mund aufzumachen, anstatt dich so lange hinter Schweigen zu verstecken. Das habe ich nicht verdient.« Mit diesen Worten beendete mein Ex das Gespräch.

Das Rudel

Seit dem Streit am Montag verhielt ich mich Stefanie gegenüber eher ruhig. Wir redeten zwar weiterhin miteinander, aber ohne Martin auch nur einmal zu erwähnen. Ich war immer noch enttäuscht von ihren Anschuldigungen und wusste nicht so recht, wie ich reagieren sollte. Auch Steffi war es unangenehm gewesen, mit mir über Vampire und Werwölfe zu sprechen. Somit hatten wir uns darauf geeinigt, dieses Thema bis zum kommenden Wochenende unter den Tisch fallen zu lassen und dann mit dem ganzen Rudel darüber zu sprechen. Das waren die Menschen, für die meine Eltern gestorben waren und die meine Beziehung mit Martin gewiss nicht guthießen. Um kein vorzeitiges Urteil zu fällen, weigerte ich mich zunächst, mich näher mit dem Rudel zu befassen. Und so konzentrierten Steffi und ich uns auf ganz andere Themen wie die Schule. Während des Vortrags erwiesen wir uns als eingespieltes Team und bekamen sogar eine Eins. Dies half dabei, unser beider Gemüter zu besänftigen, und schon Freitagabend freute ich mich tatsächlich auf das Treffen am folgenden Tag.

Am Samstagmorgen wurde ich schon früh von Vogelgezwitscher geweckt. Mit einem herzhaften Gähnen drehte ich mich auf die andere Seite, in der Hoffnung, erneut in das süße Reich der Träume abzudriften. Leider blieb dieser Versuch erfolglos und so stand ich um 8 Uhr auf. An diesem Nachmittag wollte ich das Rudel treffen und mich über die Werwölfe aufklären lassen. Zwar glaubte ich noch immer, dass sie sich bei Martin irrten, aber sicher sein konnte ich mir da nicht. Zudem weigerte sich der Vampir, mit mir über seine Vergangenheit zu sprechen, und ich hatte das Gefühl, dass der heutige Nachmittag Licht ins Dunkel bringen könnte. Ich wusste, dass ich so lange nervös sein würde, bis der Moment der Wahrheit gekommen war.

Um Stunden qualvoller Gedanken zu vermeiden, machte ich mich nach dem Frühstück auf den Weg zum Familienanwesen. Dort gab es genügend Arbeit, mit der ich mich ablenken konnte. Da es noch früh war, war niemand außer mir im Haus. Unwillkürlich wanderten meine Gedanken in die Vergangenheit. Ich hatte in den Sommerferien immer zwei Wochen bei Oma verbracht. Da ich erst spät ins Bett gegangen war und mich mitten in der Pubertät befand, stand ich erst gegen 11 Uhr auf. Jeden Morgen, wenn ich die Treppen nach unten ging, saß meine Oma im Bademantel über ihre Morgenzeitung gebeugt, daneben ein beschriebener Einkaufszettel. Vor ihr standen ein Honigglas und eine Tasse Tee.

»Guten Morgen, Oma«, hatte ich sie immer mit einem Lächeln begrüßt, woraufhin sie sich zu mir umgedreht hatte.

»Guten Morgen, Liz. Schön, dass du endlich wach bist. Setz dich doch ins Wohnzimmer und schau ein bisschen Fernsehen. Ich mache dir dein Frühstück. Was möchtest du haben?«, war ihre typische Antwort. Ich bedankte mich, bat um zwei Scheiben Brot und etwas Gemüse und fläzte mich in den Fernsehsessel. Wenige Minuten später kam Oma mit dem gewünschten Essen und einer Tasse Kakao. Dankbar lächelte ich und schüttelte jedes Mal aufs

Neue den Kopf, da sie mir mein Brot, selbst als ich schon kein Kind mehr war, in kleine Stücke schnitt. Es war albern und doch liebte ich diese kleine Aufmerksam keit. Es zeigte mir, dass ich immer ihr kleiner Schatz sein würde. Die untere Etage strahlte damals stets Offenheit und Wärme aus.

Heute Morgen jedoch spürte ich nichts als Einsamkeit und Trauer. Weder Oma noch meine Eltern lebten noch. Nie wieder würden sie mich mit einer solchen Liebe begrüßen und sich über die kleine Langschläferin amüsieren. Schweren Herzens wandte ich mich ab und begab mich in die obere Etage. Zwar hatte ich mittlerweile den Dachboden aufgeräumt und gereinigt, aber es gab dort oben noch ein kleines und ein großes Schlafzimmer, das als mein Zimmer gedient hatte, wenn ich zu Besuch war. An einer Wand befand sich ein geräumiger Kleiderschrank mit drei Schubladen, in der Mitte ein altertümliches Doppelbett, daneben ein kleiner Nachttisch, auf dem immer meine Bücher und eine Wasserflasche standen, und eine alte Lampe mit einem Blumenmuster aus den siebziger Jahren. Der braune Teppich war zwar abgewetzt, aber wirkte immer noch gemütlich. Das Zimmer, früher das Schlafzimmer meiner Eltern, war bescheiden, doch trotz seiner Einfachheit ein Ort zum Wohlfühlen und Entspannen gewesen. Mit einem lauten Seufzer ließ ich mich aufs Bett fallen und gab mich für ein paar Minuten schon vergessen geglaubten Erinnerungen hin.

Schließlich raffte ich mich auf, um die erste Schublade zu entrümpeln. Wie zu erwarten fand ich nichts als Krimskrams aus meiner Kindheit. Darunter waren Jo-Jos in verschiedenen Farben und auch an Flummis hatte ich nicht gespart, außerdem fand ich ein altes Kartenset und Zeichenblöcke. Nachdem ich mich dazu durchgerungen hatte, diesen einst so geliebten Kram zu entsorgen, wandte ich mich der zweiten Schublade zu, die ich noch nie zuvor geöffnet hatte. Das lag daran, dass ich als genügsam erzogenes Kind alles, was nicht auf den Nachttisch oder in die erste Schublade passte, stets in meiner Tasche aufbewahrt hatte. Neugierig beugte ich mich vor und nahm ein Fotoalbum aus dem frühen zwanzigsten Jahrhundert in die Hand.

Gespannt machte ich es mir wieder auf dem Bett bequem und blätterte die Seiten durch. Ich kannte die abgebildeten Personen nicht, nahm aber an, dass es sich dabei um meine Vorfahren und einige ihrer Bekannten handeln musste. Weshalb sonst hätte meine Oma dieses Album aufbewahren sollen? Es schien, als seien nur Aufnahmen gemacht worden, wenn wichtige Ereignisse stattfanden. Die fotografierten Menschen trugen teure Kleidung und schienen akribisch auf ihr Äußeres geachtet zu haben. Doch ein Foto zog meine besondere Aufmerksamkeit auf sich, darauf ein junger Mann Mitte zwanzig, der großgewachsen und schlaksig aussah. Auf dem Schwarz-Weiß-Bild ließen sich Augen- und Haarfarbe nicht erkennen. Er saß auf einem Stuhl, hielt ein Zeugnis in der Hand, wahrscheinlich das Abschlusszeugnis einer Universität, und strahlte vor Freude in die Kamera. Dann sah ich es und fast blieb mir das Herz stehen: Er trug meine Halskette!

Plötzlich fiel es mir wie Schuppen von den Augen. Die Tatsache, dass dieses Fotoalbum dort verstaut worden war, konnte kein Zufall sein. Ich hatte soeben einen weiteren Hinweis auf des Rätsels Lösung gefunden. Wer immer dieser Mann gewesen war, er musste die Wahrheit gekannt haben! Ganz sicher! Aufgeregt griff ich zu meinem Handy und wählte Martins Nummer. Wenige Sekunden später nahm er ab.

»Guten Morgen, Liz. Tut mir leid, dass ich mich noch nicht gemeldet habe, aber wir haben es noch nicht geschafft, das Runenrätsel zu entschlüsseln«, entschuldigte er sich mit seiner tiefen Stimme.

»Deswegen rufe ich nicht an«, beruhigte ich ihn lachend. »Ich habe ein altes Foto von einem jungen Mann gefunden, der meine Kette trägt. Allerdings brauche ich eure Hilfe. Ihr Vampire könnt bestimmt besser einschätzen, wo und wann dieses Foto aufgenommen wurde«, äußerte ich vorsichtig meine Bitte.

»Natürlich können wir das machen. Außerdem habe ich ein weltweites Netzwerk an Vampiren, einer davon wird den Mann auf deinem Foto sicherlich identifizieren können«, erwiderte Martin zufrieden, beinahe glaubte ich das breite Grinsen auf seinen Lippen sehen zu können. »Wie schön, dass wenigstens du Fortschritte gemacht hast. Was hältst du davon, wenn wir uns nachher treffen? Ich habe dich sowieso schon vermisst«, säuselte der Vampir in mein Ohr und ließ mich sofort erröten.

»Ich vermisse dich auch, Martin, aber heute geht leider nicht. Ich hab schon was vor. Aber wir können uns morgen treffen«, schlug ich vor.

»Gerne. Komm einfach gegen 16 Uhr vorbei. Ich freu mich schon!«

Glücklich lächelte ich und sagte: »Ich liebe dich, Martin.«

Als ich nachmittags bei Stefanie ankam, umarmte sie mich innig und bedankte sich, dass ich gekommen war.

Sofort tat es mir leid, mich mit ihr gestritten zu haben, und ich entschuldigte mich aufrichtig bei ihr. Stefanie war ein sensibles Mädchen, sicherlich hatte es sie verletzt, als Lügnerin bezeichnet zu werden.

»Ich habe wie gesagt das gesamte Rudel eingeladen«, eröffnete sie mir. »Das soll kein Angriff gegen dich sein, sondern eine Hilfestellung. Sicherlich hast du einige Fragen. Du möchtest bestimmt etwas über deine Vorfahren in Erfahrung bringen und verstehen, weshalb wir gegen deinen Vampirfreund kämpfen. Außerdem glauben wir zu wissen, an welchem Geheimnis dein Vater gearbeitet hat.«

»Das ist ein nettes Angebot von dir«, antwortete ich, wurde jedoch sofort skeptisch. »Aber woher weiß ich, dass ich euch vertrauen kann?« Anstatt beleidigt zu reagieren, setzte Stefanie ein freundliches Lächeln auf.

»Ich kann absolut nachvollziehen, dass du Bedenken hast, besonders nach unserem Streit letztens. Du weißt, dass ich einen gewissen Hass gegen deinen Freund hege, und da könnte es ja sein, dass ich dich auszutricksen versuche. Aber was hast du schon zu verlieren? Du kannst dir anhören, was wir zu sagen haben, und anschließend in aller Ruhe entscheiden, ob du uns Glauben schenkst. Was hältst du davon?«, schlug sie mir vor. Beeindruckt von ihrem diplomatischen Geschick stimmte ich ihrem Vorschlag zu.

Während wir gemeinsam kochten, unterhielten wir uns über verschiedene Themen. Dabei gingen mir auch noch allerlei Gedanken durch den Kopf. Zwar war ich bereit, mir ihre Ansichten anzuhören und mich ihnen gegenüber offen zu zeigen, aber ich wollte meine Gefühle für

Martin möglichst unangetastet lassen. Es konnte ja tatsächlich sein, dass er eine düstere Vergangenheit hatte, aber es war für mich unvorstellbar, dass mein geliebter Vampir gefährlich und böse sein sollte. Was auch immer ich in Erfahrung brächte, ich liebte Martin und würde an seiner Seite bleiben! Entschlossen, dieses Versprechen unter allen Umständen einzuhalten, richtete ich meine gesamte Konzentration auf das Essen. Ich wollte bei dem Rudel einen guten Eindruck erwecken, da sie trotz meiner Vorliebe für ihre Feinde so etwas wie meine Familie waren. Kurz bevor das Essen fertig war, klingelte es an der Tür. Kurz entschlossen ließ ich Stefanie allein in der Küche zurück, um ihre Gäste hereinzubitten.

An der Tür standen vier Personen, drei Männer und eine Frau. Ein Mann stand direkt an der Schwelle, während die anderen Rudelmitglieder ein paar Meter Abstand hielten. Obwohl ich ihm das erste Mal gegenüberstand, ahnte ich sofort, dass er der Anführer sein musste. Seine wachsamen braunen Augen strahlten zuerst Skepsis und Vorsicht aus, sie schienen jede Zelle meines Körpers zu scannen. Anschließend glättete sich seine Stirn, seine Skepsis verwandelte sich in Freundlichkeit. Die buschigen schwarzen Augenbrauen standen in alle Richtungen ab. Sein Dreitagebart und die schulterlangen pechschwarzen Haare verliehen ihm eine rebellische Aura. Er wirkte durchtrainiert und war von Kopf bis Fuß sportlich gekleidet, er trug ein weißes T-Shirt, eine dunkelgraue Sporthose und schwarze Turnschuhe. Der erste Eindruck genügte schon, um mir darüber klar zu werden, dass mit unserem Alpha ein strenger und strategischer Anführer das Sagen im Rudel hatte.

»Du musst Liz sein. Freut uns, dass wir dich endlich kennenlernen«, begrüßte er mich und reichte mir die Hand. »Ich bin Darius Schwarzer, der Anführer des Rudels.« Bevor ich zu einer Antwort ansetzen konnte, zog Darius die Frau zu sich und stellte sie mir vor. »Und das ist meine Frau Karin. Wenn ich nicht zu sprechen bin, führt sie das Rudel an. Die beiden Jungs sind Samuel Fischer und Mario Sprecher.«

Karins violette Haare reichten ihr bis zum Po und sahen dennoch sehr gepflegt aus. Sie trug eine Bluejeans, ein schwarzes T-Shirt und drei Tattoos am rechten und zwei am linken Arm. Ihre graublauen Augen bildeten einen faszinierenden Kontrast zu ihren Haaren und strahlten gute Laune aus. Beneidenswert waren ihre weiblichen Rundungen, die bei Karins Körpergröße von einsachtzig traumhaft zur Geltung kamen. Auch Mario, der Mann zu ihrer Rechten, sah trotz Übergewicht erschreckend gut aus. Er hatte kurze dunkelblonde Haare, einen blassen Teint und ein paar Sommersprossen. Seine grünblauen Augen funkelten amüsiert und herausfordernd zugleich und brachten mich zum Lächeln. Sein schwarzes T-Shirt trug die Aufschrift *cool, clever and cute*. Samuel hingegen machte einen arroganten Eindruck, weshalb ich mir nicht sicher war, ob ich gut mit ihm auskommen konnte. Er präsentierte sich mit Stoppelbart, Anzug und Krawatte. Als ich ihm die Hand reichte, erwiderte er meinen Gruß relativ kühl und abweisend und schaute mir nicht einmal in die Augen. Ein wenig genervt bat ich ihn ins Haus und wandte mich sofort ab. Hoffentlich würde er mit der Zeit auftauen!

»Du solltest dich hinsetzen, Liz. Wir haben viel zu besprechen. Warum fangen wir nicht mit der ominösen

Halskette an?«, gewann Darius erneut meine Aufmerksamkeit. Überrascht darüber, dass er von der Kette wusste, überreichte ich sie ihm zusammen mit dem Foto, das ich gefunden hatte, und er musterte beides eingehend.

»Der Mann, den du siehst, ist eindeutig ein Mitglied unseres Rudels, allerdings aus dem Jahr 1902. Zu der Zeit gab es die Regelung, dass alle männlichen Rudelmitglieder ihre Haare kurz zu tragen hatten. Außerdem hat er sich die Buchstaben B und S auf sein rechtes Handgelenk tätowieren lassen. Guck genau hin, dann siehst du das Tattoo. Die Tatsache, dass der Mann der Hüter deiner Kette ist, lässt vermuten, dass er ein direkter Vorfahre von dir ist. Seit 1910 ist sie nämlich im Besitz deiner Familie. Ich weiß nicht, wie er heißt oder wo es aufgenommen wurde. Das ist alles, was ich dir zu der Kette sagen kann.«

Erstaunt und dankbar für diese Zusammenfassung nahm ich Kette und Foto wieder an mich. »Also stamme ich von einer traditionellen Werwolfsblutlinie ab? Aber wieso habe ich mich dann nie verwandelt? Konnten meine Eltern ihre Wolfsgestalt annehmen? Wird man nur zum Werwolf, wenn man dieses Gen geerbt hat, oder gibt es weitere Wege? Und warum können Werwölfe und Vampire sich nicht ausstehen?«, sprudelten sogleich alle Fragen auf einmal aus mir heraus. Verlegen über meine Wissbegier biss ich mir auf die Unterlippe. Sofort fing Mario an zu lachen.

»Nur weil du von Werwölfen abstammst, heißt das nicht, dass du dich verwandeln kannst. Das dafür zuständige Gen überspringt einige Generationen. Wenn du an deinem linken Handgelenk ein kleines Muttermal in

Form einer Sonne hast, bist du davon betroffen und wirst dich irgendwann verwandeln.«

Überrascht über diese unerwartete Bedeutung meines Muttermals zeigte ich es fragend in die Runde und verlangte weitere Informationen.

»Der Fluch wird ausgelöst, wenn entweder ein Mensch durch deine Hand verletzt wird oder wenn du einen Vampir getötet hast«, offenbarte mir Darius. »Ist dem so, verwandelst du dich jede Vollmondnacht in einen Wolf. Am Anfang tut es höllisch weh, da deine Knochen brechen. Je öfter du dich verwandelst, desto weniger schmerzt es. Du und Stefanie seid die einzigen, die den Fluch noch nicht ausgelöst haben. Zudem können Werwölfe in Vollmondnächten Menschen beißen. Diese Menschen erhalten so entweder das Gen und können den Fluch ebenfalls auslösen oder sie sterben. Da wir darüber keine Kontrolle haben, bevorzugen die meisten Werwölfe es, sich an einen verborgenen Ort zurückzuziehen.«

Bevor ich antworten konnte, rief Stefanie uns zum Essen in die Küche. Während des Essens erklärte Karin mir, dass die rätselhafte Runenschrift eine Prophezeiung einer mächtigen Hexe aus dem siebzehnten Jahrhundert war und vorhersagte, dass nur eine der beiden Spezies überlebte: die Werwölfe oder die Vampire. Dies war der Auslöser des noch immer andauernden Krieges. Meinem Rudel zufolge hatte mein Vater an zwei Fragen gearbeitet: Wie lautet die Geschichte der Werwölfe und wie können wir die Vampire besiegen?

»Danke, Leute, dass ihr so ehrlich zu mir wart. Der Tag hat mir viele Antworten geliefert. Natürlich werde ich euch dabei helfen, die Frage nach der Herkunft der Werwölfe zu beantworten. Allerdings liebe ich Martin und um ehrlich zu sein, weiß ich nicht, ob ich euch bei der Beantwortung der zweiten Frage helfen kann. Bitte habt Verständnis dafür, dass ich mich jetzt erst mal zurückziehen möchte, um all diese Informationen zu verarbeiten. Ich verspreche, mich bei euch zu melden, wenn ich mir über alles klar geworden bin.«

Ich ignorierte ihre Warnungen, mich mit einem Vampir einzulassen, verabschiedete mich freundlich, schnappte mir Jacke und Tasche und verließ die Wohnung. Zu meiner Verwunderung war es draußen mittlerweile dunkel und neblig.

Erschreckenderweise schien niemand außer mir unterwegs zu sein. Mit laut pochendem Herzen beschleunigte ich meine Schritte, in der Hoffnung, den Bus zu erwischen. Die Kieselsteine unter meinen Schu hen fingen an zu knirschen und ohne jegliche Vorwarnung begann es zu stürmen.

Gerade als die Haltestelle in Sicht kam, spürte ich, dass jemand hinter mir war. Vor Angst blieb ich wie gelähmt stehen, ich konnte mich nicht mehr rühren. Das Letzte, das ich spürte, war ein nach Chlor stinkendes Tuch, das mir mein Verfolger gnadenlos ins Gesicht drückte. Dann wurde alles um mich herum schwarz.

SchmErzhaftE ErkEnntnis

Mein Kopf hämmerte vor Schmerzen, die Welt um mich herum war schwarz wie die Nacht. Benommen lehnte ich mich zurück und stieß mit dem Rücken an eine kalte Steinwand. Diese Feststellung ließ mein Herz schneller schlagen und ich merkte, wie mein Kampfgeist wieder erwachte. Irgendetwas war nicht in Ordnung, das spürte ich. Mit letzter Kraft hielt ich die aufkommende Panik in Schach und versuchte mich daran zu erinnern, was passiert war. Doch alles, was ich noch wusste, war, dass jemand mich entführt hatte. Aber warum? Wer könnte Interesse an mir haben und wo befand ich mich? Entsetzt bemerkte ich, dass meine Arme und Beine in Ketten gelegt waren. War ich etwa in einem Kerker?

Erneut versuchte ich, die Augen zu öffnen, die ersten Sekunden sah ich nichts als Finsternis, doch schon kurz darauf gewöhnten sich meine Augen an die Dunkelheit. Wie vermutet befand ich mich in einem Kerker. Er war kreisförmig und gerade einmal zehn Quadratmeter groß. Die Wände waren aus Stein, ihr Putz bröckelte an nahezu jeder Stelle. Am anderen Ende sah ich eine kleine Tür aus Stahl, Fenster suchte ich vergebens, ein Wunder, dass ich überhaupt irgendetwas erkennen konnte, vielleicht kam von irgendwo diffuses Licht. Ich musste tun, was immer mein Kidnapper von mir verlangte, sonst würde ich nie wieder das Tageslicht sehen. Verzweifelt lehnte ich mich zurück und ignorierte das Brennen der Tränen auf meiner trockenen Haut. Bevor aufkommendes Selbstmitleid mich überwältigen konnte, öffnete sich die Stahltür quietschend.

Blitzschnell huschte ein Mann auf mich zu und ging in die Hocke, um mir direkt in die Augen schauen zu können. Er war mittelgroß und schlank, seine Augen strahlten eine erschütternde Kälte und Grausamkeit aus, was mich zusammenzucken ließ. Das furchteinflößende Äußere meines Gegenübers kam durch seine Glatze noch mehr zum Ausdruck. Da der Mann sich dazu erbarmte, eine Kerze anzuzünden, erkannte ich auf seinem Arm eine eintätowierte Zahlenfolge.

»Hallo, Elizabeth«, ertönte seine tiefe, kratzige Stimme. »Wie schön, dass du wieder wach bist. Wir haben einiges zu besprechen. Ich würde übrigens aufhören zu zappeln. Je mehr du dich wehrst, desto tiefer schneiden die Fesseln in dein Fleisch, was dir nur unnötig starke Schmerzen bereitet.«

Wütend starrte ich den Fremden an, meine Augen sprühten vor Hass. »Wer zur Hölle bist du und was willst du von mir?«, schrie ich ihn an und spuckte trotzig vor seine Füße. Meine Reaktion schien den Mann jedoch überaus zu amüsieren.

»Ich wusste doch, dass ich etwas Wichtiges vergessen habe. Wie unhöflich von mir, mich meinem Ehrengast nicht vorzustellen«, antwortete der Mann mit einem spöttischen Grinsen und ließ sich vor mir nieder. »Mein Name ist Felix von Weinberg. Ich bin ein guter Freund von Martin. Den kennst du ja schon, nicht wahr?«

Entgeistert starrte ich ihn wieder an. Konnte das wahr sein? Wieso sollte ein Bekannter meines Freundes mir so etwas antun wollen? »Wer auch immer du bist, Martin wird damit nicht einverstanden sein. Außerdem werden meine Tante und mein Onkel nach mir suchen. Sie sind sehr besorgt um mich und werden die Polizei benachrichtigen. Du kannst mich nicht ewig gefangen halten!«, erwiderte ich aufsässig.

»Glaubst du wirklich, Prinzessin, dass ich keine Gegenmaßnahmen ergriffen habe? Nicole und Michael glauben, dass du das gesamte Wochenende bei Stefanie übernachtest, da ihr angeblich an einem Projekt arbeitet. An deiner Stelle würde ich kooperieren und diese Aussage bestätigen. Es wäre zu schade, wenn ihre nächste Begegnung mit einem Vampir tödlich endet. Sei brav und du kommst hier raus. Du und deine kleinen Freunde haben an dem Rätsel gearbeitet, nicht wahr? Was habt ihr herausgefunden?«, forderte der Vampir mich zum Sprechen auf.

»Warum sollte ich einer Bestie mein Wissen preisgeben? Besonders nach dieser feigen Entführungsaktion? Ich glaube, ich bevorzuge es, euch Blutsauger im Dunkeln tappen zu lassen«, gab ich entschlossen zurück und schaute direkt in seine Augen aus Stein. Da holte der Vampir mit seiner rechten Hand aus und ließ sie mit voller Wucht auf meine Wange prallen, die augenblicklich zu brennen anfing. Noch nie hatte ich solch einen Schmerz verspürt.

»Du solltest dich schämen, in diesem Tonfall mit mir zu sprechen, Fräulein! Oder hast du nie gelernt, vor Älteren Respekt zu zeigen? Zwar hat Martin es mir verboten, dich zu töten, von Folter jedoch war keine Rede. Ich frage dich ein letztes Mal: Was habt ihr herausgefunden?«, knurrte Felix gereizt. Seine Augen funkelten wie die eines Raubtiers, das im Begriff stand, seine Beute zu reißen.

Ich hätte verängstigt reagieren und ihm antworten sollen. Doch alles, was ich spürte, waren Trauer und Mutlosigkeit. Mein Herz wollte die Wahrheit nicht sehen, mein Verstand jedoch schon: Felix sagte die Wahrheit. Hatte ich mich so sehr in Martin getäuscht? Nutzte er mich tatsächlich nur aus? Warum wollte er, dass ich am Leben blieb, ließ aber zu, dass ich verprügelt wurde? Mit zittriger Stimme wandte ich mich meinem Entführer zu: »Wozu braucht Martin mich lebend? Was hat er vor?«, fragte ich niedergeschmettert.

»Martin hat große Pläne mit dir, Prinzessin. Er hat es zwar als ein Angebot bezeichnet, jedoch wird er ein Nein nicht akzeptieren.«

»Wovon zum Teufel sprichst du? Ob du es glaubst oder nicht, ich habe wirklich keine Ahnung!«, beteuerte ich verzweifelt mit flehender Stimme.

»Natürlich hast du keine Ahnung«, fing der Vampir an zu lachen. »Martin ist viel zu intelligent, um dir zu vertrauen. Er musste dafür sorgen, dass du ihm vertraust und dich in ihn verliebst. Ich werde dir seine Pläne verraten, wenn du mir alles erzählst.« Wartend verschränkte er die Hände vor der Brust. Ich hatte keine andere Wahl und berichtete ihm alles, was ich am Nachmittag in Erfahrung gebracht hatte. Als ich fertig war, schloss ich meine Augen. Ich wollte ihm den Triumph nicht gönnen, mein schlechtes Gewissen zu sehen. Soeben hatte ich meine Freunde verraten.

Zufrieden klatschte Felix in die Hände. »War das so schwer? Für die Zukunft solltest du dir eines merken: Wir Vampire bekommen letztendlich immer, was wir wollen. Ob mit Gewalt oder ohne.«

»Das werden wir ja sehen. Noch habt ihr Blutsauger nicht gewonnen. Und jetzt sag mir endlich, welchen Plan Martin schmiedet. Das hast du versprochen!« forderte ich ihn auf und versuchte meinen Schmerz zu verbergen.

Grinsend schüttelte Felix den Kopf. »Du bist ganz schön naiv, weißt du das eigentlich? Ich werde doch mei nen Chef nicht einfach verraten. Zumindest will er dich lebend, dafür solltest du dankbar sein.«

Bevor ich etwas erwidern konnte, hörten wir jemand die Treppe herunterkommen. Felix erhob sich fluchend und gerade als ich aufatmen wollte, hielt er noch einmal inne und trat mir mit voller Wucht in die Magengrube, bevor er verschwand. Ich schrie vor Schmerzen und wollte mich schützend vorbeugen, aber meine Hände und Füße waren noch immer an die Wand gekettet. Blutspuckend wand ich mich unter unerträglichen Bauchschmerzen, als plötzlich Mario durch die Tür stürmte.

»Was ist passiert, Liz?«, hörte ich ihn erschrocken fragen, als er mich von den Ketten befreite. Stöhnend vor Schmerzen rollte ich mich zusammen, schwer atmend und unter Tränen erzählte ich ihm alles.

»Hör auf, dir Vorwürfe zu machen«, beruhigte er mich und wischte mir Blut aus dem Mundwinkel. »Das ist doch wohl klar, dass du unter den Umständen nichts anderes machen konntest. Über die Folgen können wir später reden. Zuerst bringe ich dich ins nächstgelegene Krankenhaus.«

»Wie hast du mich gefunden?«, fragte ich verwirrt und schaute ihn an. »Ich war mir sicher, dass mich die Polizei irgendwann tot auffinden würde.«

Lächelnd strich er eine Haarsträhne aus meinem Gesicht. »Du hast dein Handy bei dir gehabt. Als du gegangen bist, ist uns noch was eingefallen. Also haben wir versucht, dich zu erreichen. Wir waren verwundert, weil du den Anruf nicht entgegengenommen hast, obwohl du noch auf dem Heimweg warst und Stefanie zufolge unterwegs immer erreichbar bist. Ich kenne mich ziemlich gut mit Technik aus und habe mich in dein Handy gehackt. Kaum habe ich deinen Standort in Erfahrung gebracht, habe ich mich auf den Weg gemacht. Das Rudel weiß Bescheid.«

Dankbar ließ ich mich von Mario aus dem Kerker zu seinem Auto tragen. Mir wurde bewusst, dass ich mich nun in Sicherheit befand, aber nach dem aufwühlenden Erlebnis schwanden Aufregung und Angst nur langsam. Kaum hatte er mich auf dem Beifahrersitz abgesetzt, schloss ich meine Augen, ich war erschöpft und hatte große Schmerzen.

Am Krankenhaus trug Mario mich in die Notaufnahme. Eine rothaarige Krankenschwester brachte uns einen Rollstuhl und Mario setzte mich hinein. »Können Sie mir sagen, was mit Ihrer Freundin passiert ist und wie sie heißt?«, fragte die Schwester ihn.

»Meine Freundin heißt Elizabeth Hirsch. Wir haben uns vorhin mit unseren Freunden getroffen. Als Liz auf dem Weg nach Hause war, wollten wir sie erreichen, doch sie ging nicht an ihr Handy. Nachdem ich sie gefunden hatte, fand ich sie blutend am Boden. Ein Mann hat auf sie eingeschlagen. Besonders besorgt bin ich, weil er ihr in den Bauch getreten hat«, fasste Mario die Situation kurz zusammen.

Nach den Aufnahmeformalitäten schob Mario mich in den Wartebereich. Halb weggetreten spürte ich, wie die mir verabreichte Schmerztablette langsam ihre Wirkung entfaltete. Mario merkte, dass ich zu müde zum Reden war, und hielt einfach nur meine Hand, eine freundschaftlich-familiäre Geste, für die ich ihm sehr dankbar war und die bewies, dass er mich verstand und ich ihm vertrauen konnte. Mit einem schwachen Lächeln lehnte ich mich an seine Schulter.

Als mein Name aufgerufen wurde, schob Mario mich in den genannten Raum. Rechts neben der Tür befand sich eine Liege, vor einem Schreibtisch standen zwei Stühle, ein Vorhang vor dem Fenster garantierte Diskretion. Die Ärztin begrüßte uns lächelnd, ihre dunkelblonden Haare waren zu einem strengen Zopf zusammengebunden, ihre grauen Augen strahlten Freundlichkeit aus.

»Guten Abend, Frau Hirsch. Ich bin Dr. Leno. Sie sind von einem fremden Mann verprügelt worden?«

»Ja, ich bin an Händen und Füßen mit Fesseln aus Eisen festgehalten worden. Außerdem hat der Mann mir ins Gesicht geschlagen und in den Bauch getreten.«

»Um Himmels willen!«, rief die Ärztin schockiert. »Ich möchte den jungen Mann bitten, den Behandlungsraum zu verlassen. Sie legen sich bitte auf die Liege und machen die betroffenen Körperstellen frei.« Wir befolgten ihre Anweisungen und sie sah sich meine Hände und Füße und mein Gesicht an. An den Gelenken kamen rote Schwellungen zum Vorschein, meine Wange war feuerrot und die Lippe aufgeplatzt. Dann tastete sie vorsichtig meinen Bauch ab. Der aufkommende Schmerz ließ mich unweigerlich zusammenzucken und scharf einatmen.

»Tut mir leid«, sagte Dr. Leno mitfühlend. »Spüren Sie am gesamten Bauch Schmerzen oder nur an bestimmten Stellen?«

»Jeder Bereich tut weh. Natürlich kann es auch sein, dass der Schmerz nur durchzieht, aber es schmerzt in jedem Fall«, antwortete ich ehrlich. Kaum hatte ich geantwortet, schob die Ärztin das Ultraschallgerät neben die Liege und untersuchte meinen Bauch. Beim Blick auf den Monitor presste sie kurz ihre Lippen aufeinander, als gefiele ihr nicht, was sie sah.

»Frau Hirsch, ich bitte Sie, sich zum Röntgen bringen zu lassen. Dort werden wir Aufnahmen von ihren Hand- und Fußgelenken sowie von Ihrer Wange machen. Anschließend kommen Sie wieder zu mir und wir besprechen Ihre Lage«, informierte mich die Ärztin, während sie mir in den Rollstuhl half.

Mario wollte aufspringen, als ich den Raum verließ, wurde jedoch per Handzeichen eines Besseren belehrt. Auf dem Weg zum Röntgen war ich in Gedanken beim Ultraschall. Was hatte die Ärztin entdeckt? Hatte sie nicht betroffen ihre Lippen aufeinandergepresst? Das konnte doch wohl nur ein schlechtes Zeichen sein. Ehe ich diesen Gedankengang weiterverfolgen konnte, wurde ich in den Röntgenraum geschoben. Nach einer Reihe von Aufnahmen brachte man mich wieder zurück.

Alle Röntgenbilder waren bereits sichtbar angeordnet. Diesmal durfte Mario zu meiner Unterstützung dabei sein, als Dr. Leno mir die Untersuchungsergebnisse bekannt gab. »Frau Hirsch, leider ist Ihre Milz leicht angerissen. Keine Sorge, das lässt sich durch eine Operation wieder beheben. Wir werden natürlich warten müssen, bis Ihre Erziehungsberechtigten das notwendige Formular unterschrieben haben. Mit einer Operation können wir Folgeschäden verhindern. Die gute Nachricht ist, dass Ihre Hand- und Fußgelenke nur gequetscht sind. Mit einem Verband und einer Schmerzsalbe sollte sich das in den nächsten Tagen bessern. Auch Ihre Wange und Ihre Lippe haben keine bleibenden Schäden davongetragen und werden bald heilen. Wären Sie denn mit einer Operation einverstanden?«

Für einen Moment schien mein Herz stehen zu bleiben und in meinen Ohren begann es zu rauschen. Meine Milz war angerissen und ich sollte operiert werden? Aber welche andere Wahl hatte ich schon? Mit einem Kloß im Hals nickte ich.

»Ja, Sie dürfen mich operieren, wenn meine Tante und mein Onkel nichts dagegen einzuwenden haben. Kann ich bitte in ein Zimmer gebracht werden? Ich bin so furchtbar müde«, erwiderte ich und schloss demonstrativ die Augen.

»Natürlich, ich lasse Sie auf ein Zimmer bringen. Wir stellen Ihnen dort ein Nachthemd und Hygieneartikel zur Verfügung. Ruhen Sie sich aus. Morgen findet dann die Operation statt. Bitte notieren Sie hier die Telefonnummer eines Erziehungsberechtigten.«

Nachdem meine äußeren Verletzungen behandelt worden waren, brachte man mich endlich aufs Zimmer. Kaum im Bett, war ich auch schon eingeschlafen.

offEnbarungEn   EinEr hExE

Verwirrt und orientierungslos wachte ich aus der Narkose auf. An meinem Bauch spürte ich Bandagen, offenbar hatte ich die Operation überstanden. Obwohl sich mein Kopf so anfühlte, als wäre er mit Wolken gefüllt, spürte ich Erleichterung in mir aufkommen. Mit aller Kraft setzte ich mich auf und schielte auf mein Handy, es war fast 15 Uhr. Gähnend ließ ich meinen Blick durch den weiß gestrichenen Raum schweifen. Neben meinem Bett stand ein zweites, unbenutztes Bett. An einer Wand war ein Fernseher angebracht, an den anderen Wänden hingen Bilder mit Naturlandschaften. Am Fenster entdeckte ich einen kleinen, runden Tisch. Mühsam quälte ich mich aus dem Bett und warf einen Blick aus dem Fenster. Der Ausblick war besser als erwartet, ich sah die Leine und einige Spaziergänger am Flussufer. Kaum lag ich wieder im Bett, öffnete sich die Tür. Zu meiner großen Freude kamen Michael und Nicole herein.

»Wie geht es dir, Kleines?«, fragte mich meine Tante voller Besorgnis und strich mir liebevoll über die Wange. Es war ihr anzusehen, dass sie seit dem Anruf kein Auge mehr zubekommen hatte.

»Mir geht's ganz gut. Mach dir bitte keine Sorgen. Ich fühl mich ein wenig ausgelaugt, wohl wegen der Narkose, aber die Schmerzen sind nicht mehr so schlimm«, erklärte ich ihr lächelnd.

»Das ist normal, dass jemand nach der Narkose benommen und verwirrt ist. Aber dein Verstand ist zumindest klarer als letztes Mal. Das ist ein gutes Zeichen«, mischte sich nun mein Onkel ein und konnte sich ein Grinsen nicht verkneifen. Verwundert legte ich den Kopf schief. Was meinte er damit? Soweit ich mich erinnern konnte, war das doch meine erste Operation gewesen.

»Was meinst du damit, dass ich letztes Mal verwirrter war? Welches letzte Mal?«, wollte ich wissen. Diese Frage brachte sowohl Nicole als auch Michael zum Schmunzeln. Scheinbar hatte ich irgendetwas Wichtiges verpasst. Schmollend schaute ich beide herausfordernd an und verschränkte meine Arme.

»Entspann dich, Liz«, entgegnete mein Onkel. »Du bist vorhin schon mal wach geworden und da warst du noch nicht so ganz bei dir. Du hast immer wieder die gleichen Fragen gestellt und ziemlich viel Schwachsinn von dir gegeben. Du sagtest, Vampire existierten tatsächlich und seien gefährlich. Angeblich hätte dich einer angegriffen. Zwar bist du tatsächlich verprügelt worden, aber natürlich war es kein Vampir. Vielleicht solltest du weniger Fantasy-Filme schauen.«

Er lachte und erschrocken schaute ich ihn an. Wieso hatte ich ihm nur die Wahrheit erzählt? Zu meinem Glück glaubte er, ich sei nicht ganz klar im Kopf gewesen. Dennoch musste ich in Zukunft besser aufpassen. Für meine letzten beiden Verwandten war es besser, wenn die Wahrheit für sie weiterhin Fiktion blieb, denn sie wären in größter Gefahr, wenn die Vampire erfuhren, welches Geheimnis ich meinem Onkel unfreiwillig anvertraut hatte.

»Habe ich tatsächlich gesagt, dass ein Vampir mich angegriffen hat? Meine Güte, ich muss tatsächlich vollkommen verwirrt gewesen sein. Was für ein Schwachsinn!

Zum Glück geht es mir schon besser. Ist bei der OP alles gut verlaufen? Wann kann ich zurück in mein Hotelzimmer?«, lenkte ich die Unterhaltung geschickt in eine andere Richtung.

Nicole erklärte mir, dass die Operation gut verlaufen sei und dass ich zwei Wochen zur weiteren Überwachung im Krankenhaus bleiben müsste. An dem Wochenende nach meiner Entlassung würden wir drei gemeinsam was unternehmen. Nicole war sehr stolz auf mich, wie sie sagte, da ich trotz Abschlussjahr und neuem Freundeskreis stets Zeit gefunden hatte, das Anwesen zu entrümpeln. Offenbar hatten die beiden ebenso tüchtig angepackt, denn mein Onkel erklärte mir, dass demnächst ein Termin mit dem Gutachter vereinbart war.

Ich freute mich zwar, dass wir mit dem Haus so weit vorangekommen waren, aber es machte mich auch ein wenig traurig. Das bedeutete ja, dass die beiden bald nach England zurückkehrten, und tatsächlich erzählte Michael mir, dass sie morgen mit der Suche nach einer für mich geeigneten Wohnung beginnen wollten. Bevor ich darauf antworten konnte, klopfte es an der Tür und Dr. Leno kam herein.

»Guten Tag, Frau Hirsch«, begrüßte mich die Ärztin. »Es freut mich, dass es Ihnen schon besser geht. Wenn es nicht zu viel für Sie ist, möchte ich mich gerne mit Ihnen unter vier Augen unterhalten.« Nach einem kurzen Nicken standen Michael und Nicole auf und machten sich auf den Weg in die Cafeteria.

»Sie haben großes Glück gehabt«, sagte Dr. Leno. »Von einem Vampir angegriffen zu werden, überleben die wenigsten. Selbst jene mit Werwolfsgenen kommen selten lebend davon. Sie können Ihrem Freund sehr dankbar sein, dass er sie sofort hergebracht hat und ich Sie rechtzeitig operieren und retten konnte.«

Überrascht schaute ich sie an. »Woher wissen Sie, dass Vampire existieren? Und dass ich von Werwölfen abstamme?«, fragte ich sie und starrte sie mit großen Augen an. Ich biss mir auf die Unterlippe und fuhr mir nervös durch die Haare, so reagierte ich immer, wenn ich bei irgendetwas ertappt wurde.

»Keine Sorge, Ihr Geheimnis ist bei mir sicher«, versicherte mir die Ärztin lächelnd. »Als Hexe kenne ich mich gut aus. Die Lehre über Werwölfe und Vampire gehörte zur Grundlagenausbildung in meiner Kindheit. Dass ich Ihr Werwolfsgen entdeckt habe, verdanke ich aber eher meiner medizinischen Ausbildung. Schon als Jugendliche habe ich die Vorteile erkannt, die sich aus einer Kombination meiner magischen Fähigkeiten mit einem Medizinstudium ergeben.«

Skeptisch musterte ich sie und ließ mir einige Sekunden lang Zeit, bevor ich antwortete. »Wenn Sie eine Hexe sind, hätten Sie mich nicht operieren müssen. Sie hätten mich stattdessen mit Magie heilen können. Warum haben Sie das nicht getan?«

»Frau Hirsch, wenn ich das könnte, säßen Sie nun zu Hause und wir würden dieses Gespräch nicht führen. Was ziemlich schade wäre, da Sie sicherlich einige Fragen an mich haben. Zudem hat Magie seine Grenzen und kann nicht jedes Problem lösen. Was Ihre Gesundheit angeht, brauchen Sie sich keine Sorgen machen. Sie bleiben noch vierzehn Tage zur Ausheilung und zur Überwachung, aber eher als Vorsichtsmaßnahme. Haben Sie denn Fragen an mich, was die Vampire angeht?«

»Ja, die habe ich«, erklärte ich dankbar und lächelte sie an. »Können Sie mir etwas zur Geschichte der Werwölfe und Vampire sagen? Warum hassen sich die beiden Spezies so sehr? Welche Rolle spielen die Hexen?«

Für einen Moment schwieg die Ärztin und lauschte, ob sich ungebetene Zuhörer in der Nähe befanden. Das war zum Glück nicht der Fall. »Sie sollten zuerst einmal wissen, dass es zwei Arten von Hexen gibt«, begann sie mir zu erklären. »Diejenigen, zu denen ich mich zähle, standen schon immer auf der Seite der Werwölfe. Andere Hexen jedoch bevorzugen die Schwarze Magie und stehen lieber den Vampiren zur Verfügung. Vor langer Zeit nämlich lebte eine Hexe namens Emily Mayson, die sich der Schwarzen Magie verschrieben hat. Sie war reich, mächtig und wunderschön. Deshalb hatte sie viele Neider, die sie tot sehen wollten. Um sich zu schützen, hat sie unsterbliche Wesen mit besonderen Fähigkeiten erschaffen, die Vampire. Zehn Jahre lang ließen die anderen Hexen sie gewähren, bevor sich viele von ihnen zusammenschlossen. Sie wollten, da sie sich bedroht fühlten, Wesen erschaffen, die eine reelle Chance gegen die Vampire hatten: Werwölfe. Diese Hexen waren so mächtig wie Emily, bedienten sich jedoch der Weißen Magie. Sie wählten Menschen aus dem Dorf aus, die für diese Aufgabe geeignet waren und sich freiwillig dazu bereit erklärten. Meine Vorfahren erschufen aber auch die in Runen verfasste Prophezeiung, mit der Sie und Ihre Freunde zu kämpfen haben. Diese Prophezeiung hat sich zuerst nur auf Ihre Vorfahren und die wenigen existierenden Vampire bezogen. Mittlerweile gibt es weitere Rudel und viel mehr Vampire. Die Hexen von damals ahnten, dass es so kommen würde. Deshalb weiteten sie ihren Fluch auf jeden Werwolf und jeden Vampir aus.«

Voller Verwunderung sah ich die Hexe an und brauchte eine Weile, um ihre Geschichte zu verdauen. Die Prophezeiung war also echt. »Aber was hat das mit meiner Familie zu tun?«, fragte ich sie. »Warum sind wir im Besitz der Kette und nicht die anderen Werwölfe? Und wie können wir die Vampire ein für alle Mal besiegen?«

Entschuldigend lächelte die Hexe mich an und schüttelte bedauernd den Kopf. »Es tut mir leid, aber das müssen Sie selbst herausfinden. Wir Hexen haben unsere Regeln.« Sie ging zur Tür, wo sie kurz stehen blieb und sich noch einmal umdrehte, bevor sie das Zimmer verließ. »Übrigens wurde die Polizei verständigt. Ich werde die Beamten gleich in Ihr Zimmer bitten. Es wäre wohl besser, eine Notlüge zu erfinden. Natürlich darf niemand von alldem wissen.«

Zwei Wochen später war es endlich so weit: Ich durfte das Krankenhaus verlassen. Die letzten Tage waren trotz der Besuche von Familie und Rudel ziemlich langweilig gewesen. Aus Sicherheitsgründen war es mir untersagt worden, das Gelände zu verlassen. Zum Glück verfügte das Krankenhaus über einen riesigen Garten, schon beinahe eher ein Park. Garten und Cafeteria waren zu meinen bevorzugten Aufenthaltsorten geworden. Stefanie brachte mir täglich die Hausaufgaben vorbei und hielt mich schulisch auf dem Laufenden. Wenn das Rudel vorbeikam, verbrachten wir viel Zeit in meinem Zimmer, um ungestört über die Vampire und unsere Situation nachdenken zu können. Mit Nicole und Michael saß ich oft bei Kaffee und Kuchen zusammen, zudem verbrachten wir etliche Stunden mit Gesellschaftsspielen. Dennoch konnte ich es kaum abwarten, wieder in mein ruhiges Hotelzimmer zurückzukehren und dort nach meinen eigenen Regeln zu leben. Ich konnte es einfach nicht ausstehen, wenn mir jemand vorschreiben wollte, wohin ich gehen durfte und um welche verbindliche Uhrzeit es welche Mahlzeit gab. Kurz nach zehn betraten Dr. Leno, Nicole und Michael den Raum.

»Guten Morgen, Frau Hirsch«, begrüßte mich die Ärztin mit einem offenherzigen Lächeln. »Wie geht es Ihnen heute?«

»Mir geht es ganz gut, wirklich. Die Schmerzen sind so weit zurückgegangen, dass ich in den letzten drei Tagen nur noch jeweils eine Tablette einnehmen musste«, antwortete ich.

»Das freut mich zu hören. Falls Sie kein Anliegen mehr haben, werde ich Sie entlassen. Ihre Wunden sind so weit gut abgeheilt. Sollten Sie Sport treiben wollen, ist es ratsam, nur langsam wieder anzufangen. Geben Sie Ihrem Körper Zeit, sich erneut an Belastungen zu gewöhnen. Sollten Ihre Schmerzen bei irgendwelchen Aktivitäten schlimmer werden, wenden Sie sich bitte an Ihren Hausarzt. Ansonsten werden Sie wohl in spätestens zwei Wochen keine Schmerzen mehr verspüren. Sie können morgen auch wieder zur Schule gehen. Die Schmerztabletten setzen Sie bitte zum Ende der Woche ab«, erklärte mir die Ärztin und reichte mir meinen Entlassungsbericht.

»Danke für alles, Dr. Leno. Besonders auch für die faszinierende Geschichte, die Sie mir erzählt haben«, erwiderte ich.

»Keine Ursache. Es freut mich, dass Sie mit den Informationen etwas anfangen können«, erwiderte die Ärztin und verabschiedete sich.

»Welche Geschichte?«, fragte meine Tante neugierig und auch ein wenig skeptisch nach. Ihre Augen zogen sich zu Schlitzen zusammen, während sie mich mit schief gelegtem Kopf musterte.

»Nichts Besonderes, Nicole«, log ich und machte mich auf den Weg nach draußen. »Ich habe mich nur aus Interesse über den Arztberuf und das Medizinstudium informiert. Jetzt weiß ich, dass ich diese Richtung nicht einschlagen möchte. Ich schätze, ich bleibe bei der Geschichtswissenschaft«, flunkerte ich und war erstaunt darüber, wie leicht mir die Lüge über die Lippen kam. Anfangs hatte ich in solchen Situationen einen Stich in meinem Herzen verspürt, doch die Ereignisse vor zwei Wochen hatten alles verändert. Welche andere Wahl blieb mir schon, als zu Lügen zu greifen? Ich hatte am eigenen Leib erfahren müssen, wie furchtbar und wie schmerzhaft die Begegnung mit einem Vampir sein kann. Ich könnte es mir niemals verzeihen, wenn Tante und Onkel etwas zustoßen würde, nur weil sie die Wahrheit kannten. Seine Lieben zu belügen tut weh, keine Frage. Sie zu verlieren hingegen zerreißt einen.

»Liz?«, riss mich Michael aus meinen Gedanken. »Hast du uns eben zugehört?«

Verlegen biss ich mir auf die Unterlippe und schüttelte den Kopf. »Tut mir leid, ich war gerade in Gedanken. Was habt ihr gesagt?«, gestand ich ein und schaute meinem Onkel in die Augen, der sich ein amüsiertes Schmunzeln nicht verkneifen konnte.

»Wir haben gesagt, dass ich für heute ein Auto gemietet habe. Wir fahren zum Hotel und laden deine Sachen ab. Anschließend verbringen wir einen Tag im Erlebnisbad. Dort werden wir zur Abwechslung auch Mittag essen.«

Mit leuchtenden Augen fiel ich den beiden nacheinander um den Hals. Es war schon so lange her, dass wir gemeinsam etwas unternommen hatten, und ich liebte Schwimmbäder. Wie ein kleines Kind hüpfte ich auf der Stelle auf und ab.

»Danke, danke, danke!«, rief ich und drückte beiden einen Kuss auf die Wange. »Danke!«, legte ich noch einmal nach.

»Jetzt beruhige dich, Kleines«, rief Michael lachend und fuhr mir mit seiner Hand durch die Haare. »Du bist ja schlimmer als früher!«

Grinsend folgte ich ihnen zum Wagen. Nach dem Zwischenstopp im Hotel fuhren wir zum Schwimmbad, das sich in der Tat als wahres Erlebnisbad entpuppte. In einer riesigen Halle, nicht grundlos als Badeparadies bezeichnet, befanden sich ein großes Schwimmbecken und ein Spaßbecken mit drei verschiedenen Rutschen unterschiedlicher Höhe. Meine Lieblingsrutsche war eine fünfzehn Meter hohe Röhre in der Mitte, durch die man in absoluter Dunkelheit recht flott ins Wasser schlidderte. Daneben gab es eine zehn Meter hohe Reifenrutsche und für Kinder und Angsthasen eine normale Rutsche in fünf Metern Höhe, auf der anderen Seite des Beckens ein Drei-Meter- und ein Fünf-Meter-Sprungbrett. Abseits des Trubels lagen ein Strudel und eine Art Höhle, wo man unter einem Wasserfall durchtauchen musste. Wer Entspannung im Wasser suchte, konnte es sich in einem

Whirlpool und in einem Thermobecken gut gehen lassen. Draußen warteten eine Erholungswiese, ein Salzwasserbecken und ein Naturbecken auf die Badegäste.

Während Nicole in aller Ruhe ein paar Runden im großen Becken schwamm, steuerten Michael und ich ohne zu zögern zuerst das Spaßbecken an. Mein Onkel war zwar schon über fünfzig, innerlich jedoch würde er wohl immer ein Kind bleiben. So war es auch kein Wunder, dass er sich gemeinsam mit mir auf der Röhrenrutsche und der Reifenrutsche austobte. Anschließend ließen wir es im Whirlpool ein wenig ruhiger angehen.

Um 14 Uhr trafen wir uns im Schwimmbad-Restaurant mit Nicole. »Da seid ihr ja. Habt ihr euch bisher gut amüsiert?«, fragte meine Tante und lächelte.

»Oh ja und wie!«, riefen mein Onkel und ich synchron und mussten lachen. Es tat gut, sich zur Abwechslung mal wieder zu amüsieren und eine Zeit lang die ernsten Angelegenheiten zu vergessen, die ab morgen wieder auf mich warteten.

Nach dem Essen nahm Nicole meine Hand und lächelte mich an. »Das freut mich, dass wir dir mit dem Ausflug eine Freude machen, Liz, aber wir möchten auch noch was mit dir besprechen. Es geht um das Anwesen. Nächsten Samstag um 16 Uhr kommt der Gutachter vorbei, um sich das Haus anzuschauen und eine Wert einschätzung vorzunehmen. Da du die rechtmäßige Besitzerin bist, musst du unbedingt anwesend sein.«

»Gut, dass ihr so schnell einen Termin bekommen konntet. Heißt das, wir sind mit allem durch?«

»Fast. Es sind noch ein paar Kleinigkeiten im Garten zu tun«, erwiderte Michael. »Aber der Rest ist erledigt. Wenn wir Glück haben, macht der Gutachter dir ein gutes Angebot, sodass du das Haus los wirst. Dann müssen wir dir nur noch eine kleine Wohnung suchen.«

Leicht abwesend nickte ich. Auf der einen Seite freute ich mich darüber, dass die beiden demnächst in ihre geliebte Heimat zurückfliegen konnten. Dort waren sie in Sicherheit, da Martin sich gewiss auf mich konzentrierte, anstatt ihnen nach Cambridge zu folgen. Auf der anderen Seite stimmte es mich traurig und machte mich unsicher. Noch nie war ich komplett auf mich selbst gestellt gewesen. Es war immer ein Familienmitglied in der Nähe, wenn ich auf Hilfe zurückgreifen musste. Das war bald nicht mehr möglich. Zudem liebte ich die Momente, in denen sich zeigte, dass wir drei eine richtige Familie waren, wenn wir gemeinsam Zeit verbrachten, herzhaft lachten und im Hier und Jetzt lebten. Aber mir blieb letztlich nichts anderes übrig, als mich in mein Schicksal zu fügen.

»Ich freue mich für euch, dass alles schon so weit vorangeschritten ist. Mir ist schon klar, dass ihr eure Freunde und eure Kunden in England vermisst. Außerdem stellst du, Nicole, den Schmuck am liebsten in deiner Werkstatt her. Sicherlich geht euch demnächst auch der Schmuck aus. Und ihr habt so viele Bestellungen, denen ihr unmöglich von hier aus nachkommen könnt. Wie viel Zeit werden wir noch gemeinsam haben?«

Lächelnd strich Michael mir durch die Haare. »Wir wissen es zu schätzen, dass du diese erwachsene Sichtweise hast und uns unterstützt. Wenn alles gut läuft, sind wir im November wieder weg. Uns ist bewusst, dass es für dich ein großer Schritt ist, von nun an auf eigenen Beinen zu stehen. Aber wenn du in ernsthaften Schwierigkeiten steckst, kannst du uns jederzeit anrufen und wir werden dir schnellstmöglich helfen. Hast du noch Fragen zum Termin am Samstag?«

Ich überlegte kurz. »Ja, allerdings. Was zieht man zu so einem Termin eigentlich an? Und muss ich mich auf irgendetwas vorbereiten?«

»Am besten ziehst du eine dezente Bluse und eine schicke Jeans an«, riet mir Nicole. »Das ist für dein Alter absolut ausreichend. Vorbereiten musst du nichts, darum kümmern wir uns. Hast du noch weitere Fragen?«

Dankbar schüttelte ich den Kopf und räumte unser Besteck weg. Den restlichen Nachmittag machten wir es uns auf unseren Liegen bequem und vergnügten uns zwischendurch noch mal im Schwimmbecken und im Whirlpool. Abends zurück im Hotel war ich so müde, dass ich erstaunlich früh schlafen ging. Was für ein schöner Tag das war!

Ein schwErEr abschiED so lEicht

Am Samstag wachte ich schon auf, bevor mein Wecker klingelte. Dennoch fühlte ich mich ausgeschlafen und frisch. Lächelnd zog ich die Gardinen auf und schaute nachdenklich auf die Straße. Wenige Menschen, die meisten davon Hundebesitzer, waren in diesen kühlen Morgenstunden unterwegs. Dunkle Wolken verdeckten die Sonne und kündigten Regenschauer im Laufe des Tages an. Ein leichter Wind wehte und die Temperaturen lagen bei fünfzehn Grad. Für Anfang Oktober hätte ich mir besseres Wetter gewünscht. Auf der anderen Seite verbrachte ich heute sowieso den ganzen Tag im Anwesen, da am Nachmittag der Termin mit dem Gutachter anstand.

Bei diesem Gedanken passte sich meine Stimmung dem trüben Wetter an. Mitte des neunzehnten Jahrhunderts war das Anwesen von einem meiner Vorfahren in Auftrag gegeben worden. Seitdem war es von einer Generation zur nächsten vererbt worden und hatte sich somit stets im Familienbesitz befunden. War es wirklich die richtige Entscheidung, mit dieser Tradition zu brechen und das Haus zu verkaufen? In den letzten Wochen erschien es mir als die sinnvollste Lösung, doch nun war ich mir dessen nicht mehr so sicher. Ratlos seufzte ich auf und schlenderte ins Bad, bevor ich mich in den Frühstücksraum zu Michael und Nicole begab.

»Alles in Ordnung, Schätzchen?«, fragte meine Tante und musterte mich besorgt. Wortlos nickte ich und starrte auf mein Essen.

»Was ist los mit dir? Du wirkst irgendwie unglücklich«, versuchte sie ihr Glück noch mal. Zuerst wollte ich sie abwimmeln, ihr strenger Blick ließ jedoch keinen Widerspruch zu. Sie zwang mich, ihr in die Augen zu schauen, zog skeptisch die Augenbrauen nach oben und schürzte ihre Lippen. Den Griff an meinem Kinn lockerte sie nicht, bis ich sie letztendlich mit einer ehrlichen Antwort beglückte.

»Na schön, du gibst ja sowieso keine Ruhe«, murmelte ich resigniert und setzte mich auf meinem Stuhl gerade hin. »Es geht um den Verkauf des Hauses. Ist es wirklich die richtige Entscheidung, das Anwesen zu verkaufen? Oder sollte ich es lieber behalten? Immerhin handelt es sich um einen Teil der Familiengeschichte. Irgendwie füh le ich mich als Verräterin, wenn ich als erste Nachfahrin bereit bin, das Gebäude auf den Markt zu bringen und somit eine langjährige Tradition über Bord werfe.«

Nicole und Michael sahen sich erstaunt an und schienen einige Sekunden lang nach den richtigen Worten zu suchen. Es war Michael, der als Erster den Mund aufmachte. »Liz, die Frage ist nicht, was die Familie von deiner Entscheidung hält, sondern was für dich das Sinn vollste ist. Die Vorfahren sind nicht mehr da und können sich somit gar nicht mehr einmischen. Und um irgendwelche Nachfahren eines Tages brauchst du dir zum jetzigen Zeitpunkt noch keine Gedanken machen. Wenn du nun die Familie ausblendest und dich fragst, welche Entscheidung für dich persönlich die bessere ist, machst du keinen Fehler. Was also willst DU?«

Nachdenklich legte ich den Kopf schief. An und für sich hatte mein Onkel recht. Ich wusste ja noch nicht mal, ob und wann ich überhaupt Kinder bekommen würde. Vor allem aber käme weniger Arbeit auf mich zu. Ich könnte mich voll und ganz auf die Schule und später auf das Studium konzentrieren und zusammen mit den anderen Werwölfen gegen die Vampire kämpfen. Behielte ich das Haus hingegen, müsste ich wöchentlich putzen, mich um notwendige Reparaturen kümmern und im Winter Schnee schippen, was alles für einen Verkauf des Anwesens sprach. Zudem bekäme ich Geld, mit dem ich mich bis zur Berufstätigkeit finanzieren könnte. Rational betrachtet sollte ich es schnellstmöglich verkaufen. Sicherlich würde mein schlechtes Gewissen sich mit der Zeit legen. Schweren Herzens seufzte ich.

»Du hast recht, es geht in erster Linie um mich. Ich bin mitten in meinem Abschlussjahr. Das Haus zu pflegen, kann ich mir zeitlich gar nicht leisten. Während meines Studiums will ich wieder nach Großbritannien, und ich kann ja schließlich nicht ständig nach Hannover fliegen. Wenn ich Glück habe, bringt das Haus einen so hohen Erlös, dass ich mich damit finanzieren kann.«

Erleichtert, nun eine endgültige Entscheidung getroffen zu haben, konnte ich endlich mein Frühstück genießen. Wieder in meinem Zimmer zog ich mir eine einfache Jogginghose und ein altes T-Shirt über, da wir im Haus noch Staub wischen und saugen wollten. Für den Besuch des Gutachters packte ich eine kleine Tasche mit einer dunkelblauen Jeanshose und einer mintgrünen Bluse sowie eine Haarbürste ein.

Gegen zwölf fuhren wir gemeinsam zum Haus und teilten uns zum Saubermachen auf, damit das Anwesen auch garantiert glänzte, bevor wir uns alle in schicke Klamotten schmeißen würden. Während ich mich wie gehabt um die obere Etage kümmerte, übernahm Michael Garten, Garage und Keller, Nicole war somit für die untere Etage zuständig.

Hier und dort verharrte ich bei meiner Arbeit und gab mich meinen Gedanken hin. Es war eines der letzten Male, dass sich in meinem Kopf der Film meiner glücklichen Kindheit abspielte, während ich durch die Räume streifte. Wie oft hatte ich in dem umfunktionierten Dachboden auf Papas Schoß gesessen und ihn von seiner Arbeit abgehalten? Unzählige Male bin ich meiner Mutter in den Garten gefolgt, um ihr zu helfen, obwohl ich sie letztendlich nur abgelenkt hatte mit meinen gesammelten Blumen und den gemalten Bildern. Fast jeden Tag ging ich meiner Großmutter auf die Nerven, während sie sich auf das Kochen zu konzentrieren versuchte. Ich hatte eine wunderbare Kindheit. Doch mit dem Tod meiner Eltern brach der imaginäre Film ab. Ich spürte Wut in mir hochkommen und ballte unwillkürlich meine Hände. Mittlerweile war ich mir nicht nur sicher, dass es sich um einen absichtlich herbeigeführten Unfall handelte, sondern dass der Täter ein Vampir gewesen sein musste, vielleicht sogar Felix von Weinberg persönlich. Seine Foltermethoden sprachen jedenfalls Bände. Mit aller Macht zwang ich mich, die Trauer zu unterdrücken und meiner Aufgabe nachzugehen. Für Rachegedanken war später noch Zeit.

Ich wurde rechtzeitig fertig, zog mich um und genehmigte mir noch einen Happen auf die Schnelle. Als sich eine Hand auf meine Schulter legte, zuckte ich erschrocken zusammen. »Bist du oben fertig geworden, Kleines?«, fragte mich Michael. »Der Gutachter wird gleich hier sein.« Er schien meine Reaktion gar nicht wahr genommen zu haben.

»Ja, klar. Oben ist es absolut sauber. Ich wollte nur kurz was essen, damit mein Magen nicht während des Gesprächs zu knurren beginnt. Wo ist denn Nicole?«

»Ich bin hier«, hörte ich sofort die glockenhelle Stimme, die von der Terrasse zu uns wehte. Bevor ich antworten konnte, klingelte es schon an der Tür. Schnellen Schrittes eilte Nicole ins Wohnzimmer, während Michael die Tür öffnete und dann in Begleitung eines Mannes in dunkelblauem Anzug mit weißem Hemd und blauer Krawatte hereinkam. Seine schwarzen Haare waren ordentlich zurückgekämmt, seine Schuhe auf Hochglanz poliert. Mit einer fließenden Handbewegung rückte er seine fast durchsichtige Brille mit den runden Gläsern zurecht. Höflich lächelnd reichte er mir die Hand.

»Guten Tag, ich bin Christian Müller. Du musst Elizabeth sein. Ich hoffe, es ist in Ordnung, wenn ich dich duze«, stellte sich der Gutachter vor. Sofort erwiderte ich sein Lächeln. Der Mann war sympathischer, als ich erwartet hatte.

»Ja, gern, kein Problem. Sie haben also schon mit meiner Tante und meinem Onkel gesprochen?«

»Allerdings, ja«, bestätigte er und nickte. »Wir haben besprochen, dass ich mir das Anwesen anschaue und ein Gutachten erstelle. Ich bin im Auftrag einer Immobilienfirma tätig, die am Kauf des Hauses interessiert ist. Nach der Besichtigung werde ich dir bereits ein voraussichtliches Kaufangebot unterbreiten. Im Allgemeinen richtet sich die Firma nach meiner Einschätzung, sodass du von dem Preis ausgehen kannst. Die Erstellung des Gutachtens und des Kaufvertrags wird etwa eine Woche in Anspruch nehmen. Eventuell werde ich nachher ein paar Forderungen stellen, was zuerst zu erledigen ist, zum Beispiel, wenn etwas erneuert oder abgerissen werden muss. Aber darüber sprechen wir nach der Besichtigung. Hast du noch Fragen an mich?«

Dankbar für seine Offenheit schüttelte ich den Kopf, bevor wir gemeinsam durch das Anwesen gingen. Alle Fragen beantwortete mein Onkel fachmännisch. Besonders beeindruckt schien Herr Müller von dem Ausblick, der sich von der Terrasse aus bot.

Als wir alle im Wohnzimmer saßen, eröffnete Herr Müller das Gespräch. »Zuerst einmal möchte ich sagen, dass das Anwesen in einem besseren Zustand ist als erwartet. Auch von der Größe her dürfte es für viele Kunden von Interesse sein. Die Lage an sich ist in Ordnung, die Innenstadt ist sowohl mit dem Auto als auch mit öffentlichen Verkehrsmitteln innerhalb einer halben Stunde erreichbar. Mit dem Garten kann es schwieriger werden, aber manche Kunden wünschen sich eine geräumige Grünfläche. Bis auf die Möbel gefällt mir das Objekt.«

»Und was genau ist mit den Möbeln?«, fragte ich interessiert nach.

»Die Möbel sind zu alt und größtenteils nicht mehr im besten Zustand. Wenn du die Möbel nicht entsorgen möchtest, kann ich das gegen einen Preisabzug erledigen lassen.«

»Wie viel würden Sie denn von dem Preis abziehen, wenn Sie die Möbel entsorgen lassen?«, erkundigte sich mein Onkel.

»250 Euro«, erwiderte Herr Müller ohne Umschweife.

»Dann würden wir Sie bitten, die Verantwortung für die Möbel zu übernehmen. Welchen Preis bieten Sie uns denn an?«, fragte Michael nach und ich hoffte insgeheim auf mindestens 55.000 Euro. Unter diesem Preis, das hatte ich mit meiner Familie vereinbart, wollte ich das Haus nicht verkaufen.

»Nach Abzug der Kosten für den Sperrmüll wäre ich bereit, 59.750 Euro zu bezahlen.«

»Hören Sie mal«, wandte Michael ein. »Das ist ein altes Familienerbstück, das auf dem Markt deutlich mehr wert ist. Ich hätte eher an 70.000 Euro gedacht.«

Lachend schüttelte Herr Müller den Kopf. »Ich sehe schon, dass ich es mit einem Experten zu tun habe. Aber das ist nun wirklich nicht drin. Treffen wir uns doch in der Mitte, dann ist jeder zufrieden. Ich biete Ihnen 65.000 Euro, doch das ist mein letztes Angebot.«

Ich musste mich zusammenreißen, um nicht vor Freude loszubrüllen. 10.000 Euro mehr als erwartet! Glücklich fuhren wir drei zurück in die Stadt und feierten Michaels Erfolg mit einem teuren Restaurantbesuch.

Eine Woche später waren die Vorbereitungen in vollem Gange. Michael, Nicole und ich waren mit der Wohnungssuche beschäftigt. In Anbetracht meines neuen Vermögens und der Bereitschaft meiner Erziehungsberechtigten, für mich zu bürgen, spielte es für die meisten Vermieter keine Rolle, dass ich noch zur Schule ging und keinen Beruf ausübte. Dennoch war unter den bisher besichtigten Wohnungen keine, die mir zusagte. Mir war bewusst, dass ich nur ein paar Monate dort wohnen würde, dennoch hatte ich gewisse Ansprüche. Wir beschlossen, auch nach einer Eigentumswohnung zu suchen, die ich während meines Studiums in England vermieten konnte.

Eigentlich hatte ich für den heutigen Tag einen weiteren Besuch in der Privatbibliothek eingeplant, aber es regnete in Strömen und der Herbstwind blies den Regen in alle Richtungen und ließ die Bäume tanzen. Die Straßen waren leer gefegt, dafür war zur Abwechslung die Hotellobby gut besucht. Müde und antriebslos ließ ich mich erneut auf mein Bett fallen und starrte an die Decke. Während ich auf besseres Wetter hoffte, klingelte mein Handy. Ein Blick auf das Display verriet mir, dass der Anruf von Karin kam.

»Liz, es ist etwas Schreckliches passiert!«, rief sie panisch in den Hörer. »Ich weiß nicht, was ich tun soll!«

»Was ist denn los?«, fragte ich besorgt nach und war plötzlich hellwach.

»Die Vampire! Darius und ich waren kurz einkaufen. Als wir nach Hause kamen, stellten wir fest, dass jemand bei uns eingebrochen ist. Sofort haben wir das Haus abgesucht. Die Vampire haben unser Wohnzimmer durchwühlt, sie waren sicher auf der Suche nach der Halskette.«

»Woher wisst ihr, dass es die Vampire gewesen sind?«, wollte ich stirnrunzelnd wissen. Zwar waren die Blutsauger unsere größten Feinde, aber es hätte ja auch ein menschlicher Einbrecher auf der Suche nach Schmuck oder Bargeld gewesen sein können.

»Diese Arschlöcher haben einen Zettel hinterlassen, auf dem sie sich zu der Tat bekennen. Sie sagen, dass wir aufhören sollen, uns ihnen in den Weg zu stellen. Wir sollen die Kette und das Fotoalbum aushändigen, sonst gäbe es

Tote«, zitterte Karins Stimme. Wütend ballte ich meine Fäuste und schnappte nach Luft.

»Karin, das ist schrecklich! Ruf die anderen Werwölfe zusammen, ich mach mich auf den Weg zu euch. Lasst niemanden rein, der nicht zum Rudel gehört.«

»Danke, Liz«, antwortete sie. »Es ist schön, dass wir dir vertrauen können. Bis nachher.«

»Das ist doch selbstverständlich. Bis gleich«, erwiderte ich und legte auf.

Aufgewühlt schrieb ich Nicole eine Nachricht, dass ich auf dem Weg zu einer Freundin sei. Als ich ankam, führte Karin mich ins Wohnzimmer, wo schon das Rudel wartete. Weder Karin noch Darius mussten etwas sagen, es herrschte ein schreckliches Chaos. »Ach du Scheiße!«, rutschte es mir heraus. »Das sieht ja aus, als wäre eine Bombe eingeschlagen!«

»Es ist furchtbar!«, seufzte Stefanie, die vom Sofa aufstand und mich in ihre Arme zog.

»Verdammt, das tut mir so leid. Kann ich irgendwie behilflich sein?«, fragte ich.

»Nein, lass mal«, winkte Darius ab. »Wir sollten lieber nach einer Lösung für die Halskette und das Foto suchen. Was sollen wir machen? Sie übergeben oder lieber kämpfen?«

»Kämpfen natürlich!«, rief ich entschlossen in die Runde.

»An sich bin ich auch dafür«, sagte Samuel. »Aber die Drohung ist ernst gemeint. Wenn wir uns mit den Blutsaugern anlegen, sollten wir einen guten Plan haben, bevor es wirklich Tote gibt.«

»Wenn wir nachgeben, wird es dennoch welche geben«, meinte Darius. »Wir reden hier von unberechenbaren

Vampiren, nicht von Menschen. Wie heißt es so schön? Wer kämpft, kann verlieren. Wer nicht kämpft, der hat schon verloren. Wir dürfen jetzt nicht aufgeben!«

Diese Meinung leuchtete uns allen ein. Welche Wahl hatten wir denn? Die einzige Möglichkeit, zu gewinnen, war ein Kampf. Die Frage lautete nicht mehr, ob wir die Herausforderung annehmen, sondern wie wir vorgehen sollten. Also setzten wir uns zusammen und diskutierten bis spät abends. Allerdings waren wir noch zu aufgebracht, daher beschlossen wir, uns demnächst wieder zu treffen.

Zurück im Hotelzimmer entschied ich mich, Martin so richtig meine Meinung zu geigen. Wütend schrieb ich ihm eine Nachricht.

Du und deine verdammten Blutsauger gehen mir langsam auf die Nerven! Glaubst du wirklich, dass du dich weiterhin so feige verstecken kannst? Ich habe deine Handschrift auf der Nachricht erkannt. Seit wann bist du nur so erbärmlich! Ich weiß nicht, was mit dem Mann, in den ich mich verliebt habe, los ist. Ich weiß nur, dass ich dich für dein Verhalten verachte. Übrigens hat dein gewalttätiger Freund erwähnt, dass du mir ein Angebot machen willst. Entweder machst du innerhalb der kommenden Woche den Mund auf oder unsere Zusammenarbeit hat sich erledigt!

KamPfansagE

Halloween war nur noch zwei Wochen entfernt. Trotz der unerfreulichen Ereignisse kürzlich, konnte ich eine gewisse Vorfreude nicht unterdrücken. Der Feiertag am 31. Oktober zählte seit jeher zu meinen Favoriten. Eines Tages würde ich meinen Traum, Halloween in den USA zu erleben, wahr werden lassen. Nach meinen Recherchen gab es in Hannover und Umgebung einige Partys in dieser Nacht und eine davon würde ich garantiert besuchen. Jedoch müsste ich ein anderes Kostüm wählen. War ich noch vor drei Monaten davon überzeugt, dieses Jahr als Vampirin zu gehen, hatte ich in den vergangenen Monaten eine tiefe Abneigung gegen diese Wesen entwickelt. Vom Frühstück bis zum Weg ins Klassenzimmer plante ich in Gedanken mein Kostüm, wobei ich zwischen sexy Ärztin und heißer Polizistin schwankte. Ich war so abgelenkt, dass ich kaum bemerkte, dass ich in der Schule angekommen war.

»Liz?«, machte sich Stefanie mit einem Fingerschnipsen bemerkbar und musterte mich besorgt. »Alles in Ordnung bei dir?«

»Äh ja, alles gut. Sorry, ich war in Gedanken«, entschuldigte ich mich verlegen.

Lachend schüttelte sie den Kopf und schmunzelte: »Dir ist schon klar, dass du zu viel nachdenkst, oder?«

»Ich suche nach dem perfekten Halloween-Outfit. Eigne ich mich besser als heiße Ärztin oder sollte ich eine knappe Polizeiuniform wählen?«, fragte ich sie ein wenig ratlos.

»Du wärst eine viel bessere Ärztin. Für eine Polizistin bist du zu naiv«, antwortete sie ehrlich.

»Dem kann ich nur zustimmen. Und nun möchte ich Sie bitten, Ihre Konzentration auf den Unterricht zu lenken«, bekam sie unerwartet die Zustimmung unseres Geschichtslehrers, peinlich berührt grinsten wir uns an.

»Meine lieben Schüler«, begann Herr Vehementes den heutigen Unterricht. »Wir haben das große Glück, dass dieser Kurs die diesjährige Halloween-Party der Schule organisieren darf. Es ist zu erwarten, dass die meisten Schüler dieselben Kostüme wie in den vergangenen Jahren bevorzugen werden. Dazu zählen in der Regel übernatürliche Wesen wie Hexen, Werwölfe, Vampire und Dämonen. In Absprache mit dem Schulleiter werden wir für diese Wesen jeweils einen Themenflur machen. Sie werden dafür in Zweier- und Dreiergruppen arbeiten. Um Ihnen die Recherche zu erleichtern, haben wir Lehrkräfte entschieden, dass Sie bis nach Halloween keine Hausaufgaben erledigen müssen und eventuelle Klausuren auf die Zeit nach den Herbstferien verschoben werden. Zudem werden wir im Geschichtsunterricht über die entsprechenden Mythen sprechen. Heute fangen wir mit den Vampiren an. Zudem werden Sie von den anderen Kursen befreit, um die Recherchen zu beenden und die Dekorationen vorzubereiten. An Halloween müssen Sie um 17:30 Uhr hier sein und Ihren Flur dekorieren. Wer möchte das Vampirthema übernehmen?«

Auf diese Frage hin schossen viele Hände in die Luft, natürlich auch Stefanies und meine. Zu unserem Glück wählte der Lehrer uns aus. Wir entschieden uns für die Spezies unserer Feinde, da wir beide die Hoffnung hegten, durch die Recherche Informationen für unseren

Kampf sammeln zu können. Während der restlichen Stunde schrieben Steffi und ich fleißig alles mit, was unser Lehrer in seinem Monolog erwähnte.

Plötzlich rissen wir die Augen weit auf, als Vehementes ein Foto des bekannten Autors Bram Stoker zeigte, um von seinem Werk *Dracula* zu berichten. Stoker trug MEINE Kette auf dem Foto! Wir wechselten überraschte Blicke und konnten nicht anders, als leise zu tuscheln.

»Wie zur Hölle kommt er an deine Kette?«, wollte Stefanie wissen.

»Ich habe eine Vermutung, aber sie ist ziemlich verrückt und wahrscheinlich viel zu weit hergeholt«, erwiderte ich.

»Wir leben in einer Welt, in der Vampire, Werwölfe und Hexen tatsächlich existieren. Wie verrückt kann deine Idee da schon sein?«, meinte meine Freundin mit einem breiten Grinsen.

»Da hast du wohl recht«, stimmte ich ihr amüsiert zu. »Ich denke, dass Bram Stoker einer unserer Werwolfsvorfahren ist. Wer von uns seine Blutlinie teilt, weiß ich nicht. Aber das würde alles erklären. Seine Initialen sind die beiden Buchstaben auf dem Anhänger. Er trug nicht nur die Kette, sondern beschrieb in seinem Buch die Vampire als bösartig«, erläuterte ich ihr meine Gedanken.

»Tatsächlich, das müssen wir nachher unbedingt dem Rudel mitteilen«, flüsterte Stefanie mir zu.

»Aber erst, wenn wir zu Hause sind und wissen, dass kein Vampir uns gefolgt ist«, entgegnete ich.

Wir waren viel zu aufgeregt, um uns weitere Notizen zu machen. Nach dem Unterricht packten wir hastig unsere Sachen zusammen und eilten aus dem Klassenzimmer. Auf dem Flur fing Nina uns ab und versperrte uns den Weg. »Kann ich dir behilflich sein, Nina?«, fragte ich sie so freundlich wie möglich.

Nina verdrehte spöttisch ihre Augen. »Ihr beide seid echt naiv. Nun sitze ich schon so lange als Vampirin neben euch und ihr merkt es nicht. Na ja, ich habe keine Zeit für euch. Elizabeth, ich habe eine Nachricht von Martin für dich und du solltest mir besser gut zuhören, denn ich werde es dir nur einmal sagen«, teilte sie mir in arrogantem Tonfall mit.

»Du bist ein Vampir?« Ich starrte sie höchst überrascht an. »Aber du wirkst immer so zerbrechlich. Und warum wendet sich Martin an dich? Ist er jetzt schon zu feige, mich persönlich anzusprechen?«

»Pass auf, was du sagst, Hirsch, sonst wirst du es noch bereuen. Wie dem auch sei, ich bin tatsächlich eine stolze Vampirin«, erwiderte Nina und zeigte uns herausfordernd ihre Fangzähne. »Ich wurde an dieser Schule immer als Außenseiterin gemobbt. Eines Tages haben es zwei Jungs zu weit getrieben und hätten mich fast umgebracht. Wäre Martin nicht zufällig in der Bibliothek gewesen, wäre ich an meinen Verletzungen gestorben, hätte er mich nicht verwandelt. Jedenfalls soll ich dir ausrichten, dass Martin dich um Punkt Mitternacht allein im Eichenpark treffen will. Keine Angst, er wird dich nicht töten. Er braucht dich für seine Pläne lebend. Bei dem Treffen beantwortet er alle deine Fragen. Ach, noch ein Tipp meinerseits: Gib Martin nicht auf, dafür ist er zu gut im Bett.«

Mit einem überheblichen Grinsen wandte sie sich ab und ließ uns stehen.

Was fiel dieser unverschämten Zicke eigentlich ein, in diesem Tonfall mit mir zu sprechen?! Und mir dann auch noch unter die Nase zu reiben, dass sie und Martin etwas miteinander hatten! Natürlich konnte ich nicht mit Sicherheit sagen, ob diese Behauptung der Wahrheit entsprach oder lediglich mein Blut zum Kochen bringen sollte. Aber allein die Vorstellung tat weh, denn auch wenn ich es selbst kaum glauben konnte, so liebte ich Martin doch noch immer. Aber Stefanie hatte letztendlich offenbar recht: Martin war ein eiskaltes, gnadenloses Arschloch, und ich wäre wohl ohne ihn besser dran.

»Bist du okay, Liz?«, holte mich Stefanies Stimme behutsam aus meinen Gedanken.

»Geht so«, gab ich ehrlich zu. »Wir sollten das Rudel um ein Treffen bitten. Die Tatsache, dass Bram Stoker meine Kette trug, lässt alles in einem neuen Licht erscheinen. Ich weiß auch gar nicht mehr, was ich jetzt machen soll. Einerseits möchte ich Martin sehen und endlich die Wahrheit erfahren. Andererseits bin ich mir nicht mehr sicher, ob ich ihn überhaupt kenne oder je gekannt habe. Was, wenn er mir etwas antut? Wir müssen uns dringend mit den anderen treffen, um zu beraten.«

»Du hast recht, es steht zu viel auf dem Spiel, als dass wir beide allein irgendetwas entscheiden sollten. Ich ruf mal bei Karin und Darius an« sagte Stefanie und zog ihr Handy aus der Tasche. Karin war einverstanden und wollte dafür sorgen, dass sich alle zu einem Treffen versammelten.

Als wir eintrafen, kam Mario auf mich zu, umarmte mich und fragte: »Liz, was ist los? Ihr seht aus, als hättet ihr einen Geist gesehen!«

»Ja, so ähnlich ist es tatsächlich. Meine Kette gehörte Bram Stoker und Martin will sich um Mitternacht mit mir allein im Eichenpark treffen!«, platzte es gleich aus mir heraus.

»Bram Stoker?«, fragte Samuel überrascht, gleichzeitig rief Karin: »Du solltest dich auf keinen Fall allein mit dem Blutsauger treffen!«

»Zuerst suchen wir nach einer Lösung für dein Treffen mit dem Vampir«, entschied Darius. »Die Kette kann auch bis morgen warten. Liz, woher weißt du, dass Jefferson sich mit dir treffen will?«

»Eine Mitschülerin von uns hat sich vorhin als Vampirin entpuppt. Sie hat es mir gesagt. Und Martin hat mir eben eine Nachricht geschickt: *Sei pünktlich.*« Ich hielt ihm mein Smartphone unter die Nase. Einen Moment überlegte er, ging dabei ungeduldig auf und ab und fuhr sich durch die Haare.

»Es wäre wohl das Beste, wenn du auf jeden Fall dort erscheinst«, erklärte er.

»Aber wir können sie nicht allein hingehen lassen!«, beschwerte sich Mario und stellte sich beschützend vor mich.

»Mario hat recht«, stimmte Samuel ihm zu und nickte bekräftigend.

Sofort schüttelte ich den Kopf. »Ich muss allein hin, wie Nina gesagt hat. Einer dieser Vampire hat mich gefoltert. Wer weiß, wie weit diese Bande bereit ist zu gehen, wenn ich den Forderungen nicht nachkomme. Auf keinen Fall kann ich zulassen, dass ihr euch meinetwegen in Gefahr begebt!«

»Das kannst du gleich wieder vergessen!«, rief Karin. »Da bin ich ganz auf der Seite von Samuel und Mario. Du gehst da auf keinen Fall allein hin! Das ist einfach zu gefährlich für dich. Ich werde auf jeden Fall mitkommen, ob es dir passt oder nicht.«

»So kommen wir nicht weiter«, ermahnte uns Darius und überlegte kurz, bevor er eine Entscheidung traf. »Das gesamte Rudel wird um Mitternacht mit Liz zum vereinbarten Ort gehen, allerdings verstecken wir uns hinter den Bäumen, sodass Martin nur sie sehen kann. Sollte er ihr nichts tun wollen, bleiben wir in unseren Verstecken. Gerät sie in Gefahr, greifen wir alle ein. Das Rudel ist wie eine zweite Familie und wir kämpfen füreinander.«

Mit ernstem Gesicht wandte er sich mir zu. »Ich werde dir in einem kurzen Crashkurs das Wichtigste beibringen, was du in einem Kampf gegen einen Vampir brauchst. Falls du in Gefahr schwebst und wir aus irgendeinem Grund nicht rechtzeitig eingreifen können, musst du in der Lage sein, dich selbst zu verteidigen. Zieh dich bitte um und komm dann raus in den Garten.«

Karin reichte mir ein T-Shirt und eine Sporthose. Ich zog mich um und ging in den kleinen Garten, den eine Hecke vor neugierigen Blicken schützte. Zuerst joggte ich über den Rasen, um meine Muskeln aufzuwärmen. Dann kam Darius zu mir, um mit dem Training zu beginnen.

»Du solltest wissen, dass ein Kampfsport wie Judo oder Karate nur dann nützlich ist, wenn du gegen einen Menschen, eine Hexe oder einen anderen Werwolf kämpfst«, erklärte er mir. »Weihwasser hilft nur, wenn du es mit einem neuen Vampir zu tun hast, allerdings wirkt es nicht tödlich, sondern setzt ihn nur eine Zeit lang außer Gefecht. Werwolfsbisse sind nur dann tödlich für Vampire, wenn der Werwolf seinen Fluch ausgelöst hat und auch nur in der Vollmondnacht. Knoblauch und Kruzifix sind nichts als lächerliche Mythen. Wenn du einen Blutsauger töten willst, musst du ihn mit einem Holzpflock direkt ins Herz pfählen oder ihm sein Herz rausreißen. Hast du das verstanden?«

»Ja, hab ich. Aber wie stell ich das an?«, erwiderte ich skeptisch.

»Durch Kämpfen natürlich. Du hast deinen Fluch noch nicht ausgelöst, bist also deutlich schwächer als ein Werwolf und noch schwächer als ein Vampir. Es ist also eher unwahrscheinlich, dass du genug Kraft hast, um die Brust eines Vampirs zu durchdringen und sein Herz zu entfernen. Ich gebe dir gleich einen Pflock, den du von nun an immer bei dir tragen musst. Zuerst zeige ich dir die Bewegungsabläufe eines direkten Kampfes, aber ohne Pflock. Wenn du das gemeistert hast, zeige ich dir die Handbewegungen für einen Pflock«, erläuterte er den Trainingsablauf und forderte mich sogleich zum Kampf auf.

»Das Wichtigste ist die Kontrolle über deine Hände. Machst du es richtig, kommst du kurz an die Brust deines Gegners ran. Und du brauchst einen festen Stand. Das stabilere Bein stellst du nach hinten, das andere mit ein paar Zentimetern Abstand davor. Dann hebst du deine Hände und hältst sie schützend vor deinen Oberkörper. Genau so«, führte Darius weiter aus.

So trainierten wir eine ganze Weile. Anschließend begab ich mich unter die Dusche, bevor ich mich zum Rudel gesellte. Karin und Stefanie hatten einen leckeren Nudelauflauf gekocht. Mario wollte die ernste Situation entspannen und erzählte viele Witze, die uns alle zum Lachen brachten. Nach dem Essen legte ich mich hin, um mich ein wenig auszuruhen, war aber zu aufgeregt, um einzuschlafen.

In finstErstEr nacht

Eine halbe Stunde vor Mitternacht versammelte sich das gesamte Rudel. Als wir das Haus verließen, herrschte zwischen uns allen eine angespannte Stimmung, während jeder sich schweigend den eigenen Gedanken hingab. Das war mir ganz recht, zwar hatte ich mich vorhin von meiner tapferen Seite gezeigt, doch je näher wir dem Treffpunkt kamen, desto nervöser wurde ich. Allerdings war mein Stolz schon immer meine größte Schwäche gewesen und die Vorstellung, meine Sorge offenbaren zu müssen, gefiel mir gar nicht. Ich wollte mich auch lieber auf das bevorstehende Gespräch konzentrieren.

Der Gedanke an Martin ließ mein Herz höher schlagen und mein Puls beschleunigte sich, gleichzeitig ka men Trauer und Wut in mir hoch. Ich versteifte mich, ballte meine Hände zu Fäusten, presste die Lippen aufeinander und atmete schwer. Noch nie befand ich mich in solch einer Zwickmühle. Martin war am Anfang so zuvorkommend und liebevoll, ich hatte mich nahezu umgehend in ihn verliebt. Ich wäre bereit gewesen, jedes erdenkliche Risiko für ihn auf mich zu nehmen, um ihn glücklich zu machen. Ich war mir so sicher gewesen, dass er der richtige Mann für mich sei. Doch nun hatte ich eine ganz andere Seite an ihm gesehen. Wie es aussah, war er damit einverstanden gewesen, dass einer seiner Vampirfreunde mich misshandelte, solange ich nur überlebte. Liebte er mich denn gar nicht? War ich nur sein Werkzeug gewesen, ein bedeutungsloses Spielzeug? Hatte er tatsächlich eine Affäre mit Nina? Oder war das alles nur Einbildung? Erfuhr er vielleicht erst später davon, was Felix getan hatte? Hatte Nina gelogen? Von welchem Angebot hatte mein Entführer damals gesprochen?

Im Eichenpark ließen die anderen mich allein, blieben aber in meiner Nähe. Tief atmete ich die kalte Abendluft ein, um mich zu beruhigen und einen klaren Kopf zu be kommen. Nur die Sterne und der Halbmond am Nachthimmel streuten gespenstisches Licht zwischen die dunklen Bäume. Jeder Schritt hallte als verzerrtes Echo nach, mitunter heulte der Wind laut auf wie ein verirrtes Tier. Unter einer ausladenden Eiche blieb ich stehen und wartete.

»Hallo, Liz«, vernahm ich schließlich die bekannte dunkle Stimme.

»Wo bist du?«, rief ich in die Nacht. Hatte er nicht schon genug Spielchen mit mir gespielt und mich genug leiden lassen? Kaum hatte ich ihn gerufen, trat der gutaussehende Vampir mit seinem verführerischen Lächeln aus den Schatten und kam auf mich zu. Mit funkelnden Augen schaute er mich an und legte seine raue Hand an meine Wange. Als er versuchte, mich zu küssen, schubste ich ihn weg und stemmte meine Hände in die Hüften.

»Willst du mich eigentlich verarschen?«, schrie ich ihn an. »Seit fast einem Monat habe ich nichts mehr von dir gehört. Nicht einmal, als ich im Krankenhaus lag. Dank der Prügel deines Freundes wohlgemerkt. Dann schreibe ich dir eine Nachricht und du verdammter Feigling schickst mir diese Schlampe als Botin. Es reicht mir mit deinen Spielchen. Rück endlich damit raus und sag mir, was du von mir willst!«

Belustigt über meinen Gefühlsausbruch musterte er mich von oben bis unten und konnte sich ein selbstzufriedenes Schmunzeln nicht verkneifen. An dem Glimmen in seinen Augen erkannte ich, dass mir die Antwort nicht gefallen würde.

»Anfangs hatte ich nur ein Ziel. Ich wollte dich um den Finger wickeln und dein bedingungsloses Vertrauen gewinnen. Deinem Schmachten nach zu urteilen ist mir das zweifellos gelungen. Du warst ein naives, überfordertes Mädchen und somit ein leichtes Opfer. Natürlich habe ich dich nicht zufällig ausgewählt. Als ich bemerkte, dass dein Vater begonnen hatte, sich der Prophezeiung anzunehmen, habe ich ihn beschattet. Nach seinem Tod wusste ich, dass du seine Arbeit eines Tages fortführen wirst. Ich brauchte nur geduldig zu warten und folgte dir auf Schritt und Tritt. Zu meinem Glück warst du in der Bibliothek so fertig mit den Nerven, dass du verzweifelt jede Hilfe angenommen hast. Zuerst war es mein Plan, dich zu töten, nachdem du alles für mich getan hättest, was ich wollte. Doch du hast dich in den vergangenen Wochen weiterentwickelt. Statt dem naiven Mädchen sehe ich nun eine selbstbewusste junge Frau vor mir. Das ist nicht nur sexy, sondern sogar überaus passend für meine weiteren Pläne. Dein Glück, so kannst du am Leben bleiben. Ich sehe eindeutig Potenzial in dir, weshalb ich dir gerne ein Angebot unterbreiten möchte.«

Entsetzt starrte ich ihn an. War das etwa sein Ernst? Hatte ich ihm nie etwas bedeutet? Er wollte mich sogar töten? Wieso war ich nur so dumm, für dieses Arschloch mit Jackson Schluss zu machen?! Er hatte mich wenigstens geliebt und hätte alles für mich getan. Meine Knie zitterten vor

Wut mit meinen Lippen um die Wette. Ich spürte, wie meine Handflächen schwitzig wurden. Mit aller Macht kämpfte ich gegen die aufkommenden Tränen an und wünschte mir, dass mein Herzschlag sich beruhigte. Mit einem Kloß im Hals warf ich ihm meinen kältesten Blick zu.

»Ist das alles, was du mir zu sagen hast? Wie konntest du nur so niederträchtig sein und mich so rücksichtslos ausnutzen? Und wie kannst du bei dem Geständnis auch noch so blöd grinsen?«, spie ich ihm angewidert ins Gesicht.

Gleichgültig zuckte er mit den Schultern und schenkte mir ein überhebliches Grinsen. »Tja, Prinzessin, die Wahrheit tut immer weh. Aber ist es nicht süß, dass du ernsthaft dachtest, dass ich dich lieben könnte? Tut mir ja leid, deine Romantikträume zerstören zu müssen, aber wir Vampire können solche Gefühle nicht empfinden. Am Anfang ja, aber je älter wir werden, desto kälter wird unsere Seele.«

Er hörte auf zu grinsen und bemühte sich um ein einladendes Lächeln. »Nun aber zu meinem Angebot, von dem Felix gesprochen hat. Verlasse das Rudel und schließe dich meiner Clique an! Zusammen können wir Außergewöhnliches erreichen. Dinge, von denen du dein Leben lang geträumt hast. Reiner Luxus, wohin dein Auge auch blickt. Partys, die niemals enden. Ich könnte dir jeden Wunsch erfüllen. Meinetwegen könnte ich auch weiterhin dein Freund sein, wenn es dich glücklich macht. Alles, das ich verlange, ist deine vollkommene Loyalität und die Abwendung von deinem langweiligen Rudel.«

Angewidert trat ich einen Schritt zurück. Wie konnte ich mich nur jemals in so ein egoistisches, verwerfliches

Arschloch verlieben? Dachte er tatsächlich, dass ich ihm zuliebe mein Rudel, meine zweite Familie, verlassen und meinen Vater verraten würde?

»Verschwinde einfach aus meinem Leben! Du hattest deine Chance und hast sie verspielt. Das ist nicht mehr mein Problem. Für keinen Preis der Welt würde ich das Rudel im Stich lassen, schon gar nicht für dich!«

»Es geht im Leben um Größeres als Liebe, Freunde und Vertrauen. Diese Tatsache wirst du eines Tages noch lernen. Das Einzige, das zählt, ist das eigene Überleben«, erklärte er mir. »Ich kann dir Sicherheit bieten und dafür sorgen, dass du im hohen Alter eines natürlichen Todes stirbst und kein Vampir dir zu nahe kommt. Du hast dich in etwas eingemischt, von dem du keine Ahnung hast und das dich früher oder später umbringen wird. Ich war nicht fair zu dir, aber bei mir bist du sicher und kannst bis zu deinem Tod ein traumhaftes Leben führen. Deine kleinen Wölfe hingegen können dir rein gar nichts bieten!«

Schnaubend zeigte ich ihm den Mittelfinger und zog die Augenbrauen hoch. »Du kannst sagen, was du willst, du Spinner. Aber du wirst mich nie mehr auf deine Seite ziehen können. Du bist ein egoistischer, selbstverliebter Vollidiot. Es wundert mich ganz und gar nicht, dass du die Macht von Freundschaft und Liebe so unterschätzt. Die Wahrheit aber ist, dass du voll daneben liegst. Es gibt im Leben nichts Wertvolleres als Liebe, Zuneigung und Vertrauen. Dein Geld und deine Macht gehen mir total am Arsch vorbei. Die Werwölfe können mir das bieten, was ich brauche. Verschwinde endlich aus meinem Leben!«

Amüsiert über meine flammende Rede schüttelte Martin den Kopf. Plötzlich wurde sein Blick gefährlich. »Es ist deine Entscheidung, Liz. Eins muss ich dir aber lassen: Du bist deinen Eltern wirklich sehr ähnlich. Auch sie haben vor zwölf Jahren den Fehler begangen, meine Hilfe auszuschlagen. Scheinbar muss ich erneut Lektionen austeilen.«

Das konnte nichts Gutes bedeuten, dass er auf einmal meine Eltern erwähnte. Was meinte er damit? Wie aufgescheuchte Vögel schwirrten Gedanken durch meinen Kopf, einer schlimmer als der andere. Mein Herzschlag beschleunigte sich wieder und Panik breitete sich wie eine Flutwelle in meinem Körper aus. Lauter als ich wollte rief ich verzweifelt: »Von welchem Fehler sprichst du und was zur Hölle hast du mit meinen Eltern gemacht?«

»Sie wollten nicht mit mir kooperieren, was ich ihnen auch geboten habe«, erzählte er mir. »Ich wollte mich zuerst gnädig zeigen und nur die Karriere deines Vaters ruinieren. Bis er einen Vampir von mir ermordet hat. Das konnte ich nicht ungestraft lassen. Als deine Eltern vor zwölf Jahren im Auto unterwegs waren, um dir ein Geburtstagsgeschenk zu kaufen, nutzte ich die Chance. Ich folgte ihnen und verursachte den tödlichen Autounfall. Wie du siehst, kommt niemand ungestraft davon, der mich provoziert.«

Einen Moment schien mein Herz stehen zu bleiben. Der Mann, den ich geliebt hatte, war der Mörder meiner Eltern! Nun konnte ich die Tränen nicht mehr aufhalten. Rasend vor Wut griff ich in meine Jackentasche und zog den Pflock hervor. Ich wollte ihn nur noch tot sehen, selbst wenn ich zur Mörderin wurde. Er sollte für seine verächtlichen Taten büßen! Ich holte aus und wollte mit Schwung zustoßen, aber er war schneller. Zornig riss er mir die Waffe aus der Hand und warf sie weit hinter sich. Mit glühenden Augen packte er mich, neigte seinen Kopf über meinen Hals, entblößte seine Fangzähne und biss zu.

Plötzlich hob er seinen Kopf und rief mit blutverschmierten Lippen in die Dunkelheit: »Ihr elenden Feiglinge könnt jetzt rausgekrochen kommen!«

Wie durch einen roten Schleier nahm ich verschwommen wahr, dass mein Rudel auf uns zu rannte.

»Was hast du Bestie ihr angetan?«, schrie Darius und spie dem Vampir angewidert vor die Füße, der ihn herausfordernd angrinste und die Lage zu genießen schien.

»Ich habe eurer kleinen Freundin nun eine unerträgliche Bürde aufgetragen. In wenigen Sekunden wird sie ohnmächtig werden. Für ein paar Stunden setzen ihre Körperfunktionen aus. Wenn sie dann wieder erwacht, müsst ihr sie mit Menschenblut füttern oder sie wird endgültig sterben«, lachte Martin höhnisch.

»Du hast sie in einen Vampir verwandelt?«, rief Stefanie voller Entsetzen.

»Noch nicht ganz, Prinzessin, das werdet ihr für mich übernehmen, indem ihr sie mit Blut versorgt, weil sie sonst stirbt. Dann würdet ihr nicht nur eure Freundin verlieren, sondern auch eure einzige Chance, um uns Vampire ...« Abrupt brach er mitten im Satz ab, als hätte er beinahe zu viel verraten. Das Letzte, das ich nebulös sah, war sein überraschtes Gesicht, bevor er sich wieder fing und mich spöttisch angrinste.

Was die Wölfe erwiderten, hörte ich nicht mehr. In meinen Ohren rauschte es immer lauter, mir wurde schwindelig, ein unerträglicher Husten setzte ein, ich spuckte Blut und versuchte verzweifelt um Hilfe zu schreien, brachte aber keinen Laut mehr heraus. Mein Herz schlug nur noch quälend langsam wie eine in der Ferne verebbende Trommel, dann wurde alles still und dunkel.

*　*　*

Danksagung

Allen voran möchte ich meinen Eltern danken, die es nie leicht mit mir hatten. Was immer auch war, ihr habt meine oft sehr hochgegriffenen Pläne stets unterstützt und habt euer Bestes für mich gegeben. Was auch war und was noch kommen wird, ich werde euch immer lieben und an eurer Seite stehen – so wie ihr es für mich getan habt und noch immer tut.

Mein Dank gilt auch meinem Lektor Thomas W., der mir bei meinem Roman eine wertvolle Hilfe war und mir mit Rat und Tat zur Seite stand.

Großen Dank auch an meine besten Freunde Angelina, Isabel, Katharina B., Katarina R. und Nina (die nicht einmal annähernd etwas mit der Vampirin aus dem Buch zu tun hat!). Ihr habt euch ständig meine Geschichten angehört und durchgelesen. Ich konnte mich immer auf euch verlassen.

Mein herzlichster Dank aber gebührt dir, Anne, du warst an meiner Seite, wann immer ich dich brauchte. Ich konnte dir alles erzählen und mich auf deine ehrliche Meinung verlassen. Du hast dich an den Vorbereitungen der Konfirmation von meiner Schwester und mir beteiligt, und das Wichtigste: Du warst an der Seite meiner Großmutter, als sie ihre letzten Atemzüge nahm. Dafür werde ich dir ewig dankbar sein.